D1993392

SV

Adolf Muschg

Das gefangene Lächeln

Eine Erzählung

Suhrkamp Verlag

© Suhrkamp Verlag Frankfurt am Main 2002
Alle Rechte vorbehalten, insbesondere das der Übersetzung,
des öffentlichen Vortrags sowie der Übertragung
durch Rundfunk und Fernsehen, auch einzelner Teile.
Kein Teil des Werkes darf in irgendeiner Form
(durch Fotografie, Mikrofilm oder andere Verfahren)
ohne schriftliche Genehmigung des Verlages reproduziert
oder unter Verwendung elektronischer Systeme
verarbeitet, vervielfältigt oder verbreitet werden.
Satz: TypoForum GmbH, Nassau
Druck: Freiburger Graphische Betriebe, Freiburg
Printed in Germany
Erste Auflage 2002

1 2 3 4 5 6 – 07 06 05 04 03 02

Für
Hugo Sonderegger

Das gefangene Lächeln

1

Gestern nachmittag, lieber John, haben wir die Krippenfiguren aufgestellt, die deine Urgroßmutter modelliert hat. Alle Jahre wieder – schon dreimal hast du mir geholfen. Aber dieses Jahr wurde dir zum ersten Mal bewußt, was wir tun.

Die Frau, die du nie gekannt hast, war sparsam bei der Weihnachtsfamilie. Kleinste Besetzung: Vater, Mutter und Kind. Zum Bestand gehören noch ein Esel und zwei Lämmer, ein stehendes und ein kauerndes. Hirten: keine, und dem Engel sieht man an, daß er nicht zur Familie gehört. Auch wenn er kniet, ist er zu mächtig für sie. Seine gefalteten Hände lassen sich als Kerzenständer verwenden, aber selbst wenn das Licht heruntergebrannt ist, bleiben die Gesichter von Maria und Joseph im Schatten, und das Krippenkind hat noch gar kein Gesicht.

Joseph, ein bärtiger Mann, beugt den Rücken und streckt die Fäuste aus. Man soll ihm aber keine Handschellen anlegen, sondern einen Stock hineinstecken, damit er sich darauf stütze. Glatt und wohlgenährt wirkt er wie ein junger Mann, der einen alten spielen muß. Marias Umhang bedeckt ihren Kopf und läßt ihren Leib verfließen. Sie reckt den rechten Arm darunter hervor und scheint nach dem Kind zu verlangen, und so haben wir folgsam, alle Jahre wieder, das Krippenkind darunter geschoben. Maria ist die einzige sitzende Figur; sie paßt genau auf einen Tonquader unter ihrer Sitzfläche. Das kniende Lamm gehörte immer auf die andere Seite der Krippe. Weil das stehende nicht gut steht, mußten wir es diskret gegen den Esel lehnen oder an das Knie Josephs, der damit doch noch zur Rolle eines Hirten kam.

In meiner Kindheit gab es die Krippe noch nicht. Meine Mutter hat sie erst vor ihrem Tode modelliert. Als ich klein war, las der Vater am Heiligen Abend die Weihnachtsgeschichte vor, und ich wartete auf die drei Könige, aber sie kamen nie. Sie seien nicht evangelisch, erklärte der Vater mit nachsichtigem Lächeln. Doch führte er des längeren aus, was ich unter »Myrrhe« zu verstehen habe. Danach fragte ich ihn nichts mehr. Dabei hätte ich gern gewußt, ob es Kaspar gewesen war, der die »Myrrhe« gebracht hatte, denn so hieß ich ja selbst. Meine Mutter schien immer zu erschrecken, wenn ich etwas wissen wollte, aber dann half sie mir im Großen Brockhaus suchen. Dabei fuhr sie mit dem Finger die Zeilen entlang. Es steht nicht darin, sagte sie, aber sie war nicht sicher, wie man »Myrrhe« schreibt. Ich mußte es allein herausfinden. So habe ich lesen gelernt.

Außer der Decke unseres Salons besitzt die Heilige Familie kein Dach über dem Kopf. Dafür sprang die Fächerpalme ein, die in all den Jahren nicht recht wachsen wollte. Viel später ist eine kleine Strohmatte hinzugekommen, die der Figurengruppe als Unterlage dient und erkennen läßt, daß wir uns in einem Stall befinden. Pierre hat sie im Jahr, als du zur Welt kamst, vom Winterschutz für die weiße Kamelie abgeschnitten. Die war schon eine weitgereiste Pflanze. Pierre, der in den Achtzigern in Asien stationiert war, hatte sie im Gepäck nach Kalifornien geschmuggelt, als Verlobungsgeschenk für deine Mom, das sich als verfrüht erwies; erst heiratete sie noch einen andern. Dafür bist du schon unterwegs gewesen, als Pierre seine Braut zu Hause vorstellte, überstürzt und doch zu spät, denn wir mußten gerade seine Mutter begraben. Ich nahm Abschied von einer Frau, mit der ich mich gut vertragen habe. Mein Verdienst war es nicht. Denn sie hatte Lebensart für zwei und war unbeirrbar in ihrer Nachsicht. Auch wenn sie etwas Deutsch konnte: im Grund sprach sie keine andere Sprache als das Französische ihrer Kindheit in Alexandria. Und Zoé hätte sich nie die Unvornehmheit gestattet, die Welt meiner Geschäfte zu teilen.

Wenn wir etwas gemeinsam hatten, war es der Eigensinn, zuverlässig an den unpassenden Partner zu geraten.

Ihr Begräbnis war nicht die beste Gelegenheit für Pierre, ein neues Familienmitglied einzuführen. Dabei kam Rachel selbst wie das junge Leben an, das ihr schon das Trauerkleid schwellte. Sie verlangte gleich das Album der zu früh verstorbenen Schwiegermutter zu sehen und wunderte sich, daß sie noch schwarzweiß fotografiert hatte. Bunt waren nur die Kinderbilder im Sand von Alexandria, bei denen Rachel andächtig verweilte. Danach erklärte sie Pierre zum *Spitting Image* der Mutter. Pierre, Zoé aus dem Gesicht geschnitten? Das hatte vor Rachel noch niemand bemerkt. Sie hat ihn als Kind nicht gekannt, als wir uns schuldbewußt fragten, von wem er seine auffallende Blässe habe. Ein Mädchen war er nicht, zu seinem Glück, denn nur Mädchen pflegten in Zoés Familie schon als Kinder zu sterben. Sie selbst, die Blühende, schien eine Ausnahme von der Regel, die sie erst mit fünfzig Jahren bestätigte. Für mich starb sie zu früh – doch das hätte sie auch als alte Frau getan. Als Rachel ihr *Spitting Image* verkündete, fehlte mir der Humor, ihren Scharfsinn zu würdigen. Dabei war es wohl nur ihre Art, sich bei einem frischen Witwer als aufmerksame Schwiegertochter zu empfehlen. Das Leben ging weiter, und an ihrer Zuständigkeit dafür ließ sie keinen Zweifel.

Du hast ihre blauen Augen geerbt, John, aber mir scheint, sie sehen nicht dieselben Dinge. Damit haben sie etwas vom Ausdruck deines Vaters angenommen, und den hat er von Zoé, seiner Mutter. Rachel bekommt immer recht, man muß nur darauf warten können. Sie paßt nicht zu Pierre, womit auch er bewiesen hat, daß er, im Sinn unserer Familiengeschichte, richtig zu wählen versteht.

Ich habe deine Mom vom ersten Augenblick an gern gesehen. Rachel tut sich auf ihre Sachlichkeit einiges zugute, aber sie erwartet, daß ich ihr ins Herz blicke: sie ist eine Frau mit wahrem Gefühl. Dafür muß ich ein Auge haben, auch wenn sie seinen Ausdruck nicht billigt, denn sie schreibt mir – mit allem Respekt – ein wüstes Vorleben zu. Rachels sicherer Weg zum Glück führt über die sportliche Figur, aber zum Trainingsprogramm gehört auch ein robustes weibliches Gewissen. Sie ist stolz darauf, einmal ordentlich untreu gewesen zu sein. Aber den Mann, mit dem sie es war, hat sie dann geheiratet, und das Kind dieser Untreue bist du, John – darauf ist sie, mit allem Grund, nicht weniger stolz. Ja, du bist Pierres Sohn und hältst mit deinen sechs Jahren den Kopf schon ebenso schräg wie er, wenn ihr grübelt; er über eine Bilanz, du über ein Kreuzworträtsel.

Wir sind alle christlich getauft, aber den Namen dazu geben die Frauen – das war schon bei Pierre der Fall, den Mom immer so ausspricht, als müßte sie ihn erst tüchtig kauen. Dafür nenne ich sie »Reitschel«, was in ihren Ohren hoffentlich nichts weiter als korrekt klingt – was sollte sie daran komisch finden? Auch sonst ist unter ihren vielen starken Seiten der Sinn für Komik vielleicht nicht der am besten entwickelte. Immer glaubt sie, ich wolle sie kritisieren, wenn ich sie necke. Womit hat sie das verdient? Sie hat doch alles richtig gemacht. Dann glaubt sie mir am Ende nicht einmal mehr, daß ich sie mag.

Ich sehe sie gern, John, deine Mom, aber wahr ist auch: einmal habe ich sie das Fürchten gelehrt. Sie war noch kaum recht im Haus, da hat sie schon die Weihnachtskrippe aufgebaut – sie nahm Mutters Figuren in die Hand, als wüßte sie gleich, wie sie zusammengehören. Eine Frau wie dich habe ich einmal umgebracht, erklärte ich ihr freundlich – natürlich glaubte sie kein Wort. Aber sie erschrak und ließ von da an die Finger von der Krippe. Seither ist sie wieder unser Revier.

Vor fünf Jahren war ich ja noch Herr im Haus und gewissermaßen Pierres Chef. Er schien mir noch etwas jung für die Unternehmensleitung – aber Rachel ruhte nicht, bis ich sie ihm abgetreten hatte. Als ich meine eigene Wohnung nahm, warst du drei Jahre alt und unsere Freundschaft unauflöslich. Ob du gespürt hast, daß es meine einzige war? Es dich nicht fühlen zu lassen, war wohl vergebliche Mühe. Von dir zurücktreten konnte ich nicht und spielte bei weitem lieber deinen Babysitter als den Chef eines weitläufigen Unternehmens – der ich im Grund meines Herzens fast so wenig gewesen bin wie du ein Baby. Aber ein Kind bist du und wirst vielleicht nie wissen, wieviel du mir beigebracht hast. Darauf legst du es nicht an, nichts wäre ferner von dir – und ich tue mein Bestes, es dir gleichzutun und dich wenigstens nicht zu schulmeistern. Und so komme ich, wenn deine Eltern gehen – etwa zu einem *Black Tie Dinner*, bei dem Pierre nicht versäumen darf, die richtigen Leute passend zu begrüßen, und Rachel mit großen blauen Augen darüber wacht, daß er keinen falschen Schritt tut, noch weniger einen unnötigen. Sie steht, schon zum Gehen bereit, in großer Toilette vor mir und dankt mir fast überschwenglich für meine Dienste, aber ich weiß: die kleine Filipina mit Namen Concepcion wäre ihr eigentlich lieber gewesen. Denn was werde ich dir alles erzählen, kaum hat sie den Rücken gekehrt? Und dann – sie mag noch soviel Eile haben – spüre ich ihre Augen im Rücken, streng und verwirrt wie die eines zürnenden Engels.

Auch deine Mom, John, stammt aus einer heiligen Familie. Sie ist eine *Daughter of the American Revolution*, und der silberne Löffel im Mund, mit dem sie geboren wurde, hat viele Generationen lang zum Schöpfen von Seelenheil gedient. Das Gelobte Land der Puritaner handelt von Sünde, John. Denn in welchem andern könnte die Sünde des Fleisches so schauderhaft sein, und so kostbar? Dann braucht die Zeit nur noch das Undenkbare davon abzustreifen, schon wird sie zum Gefäß der Bewährung und sogar der Erfolg im Bett zur Gewissenspflicht. Davon könnte ich ein Lied singen, wenn es nur nicht immer noch wie ein Kirchenlied klänge.

Auch an mir, John, frißt ein Gewächs verdorbener Heiligkeit. Es gibt eine Geschichte dazu, und einem Sechsjährigen kann ich sie noch nicht erzählen – da hat Mom nichts zu befürchten. Aber da ich nicht mehr lange zu leben habe, schreibe ich sie auf und lege sie, ausschließlich für deinen Gebrauch, in demselben Banksafe nieder, der Mutters Krippe jahrelang gehütet hat. Auch das ist ein Stück der Geschichte. Und wenn sie dir, nach meiner Verfügung, in zwanzig Jahren eröffnet wird, so verfahre mit ihr, wie du willst. Solltest du meine Beichte lesen, rechne ich nicht mit deiner Sympathie. Vielleicht wirst du sie mit eben dem Aberwillen lesen, den mir einst die Erklärungen meines Vaters eingeflößt haben. Aber ich habe ihn nicht umgebracht – nicht *ihn*.

2

Die weiße Kamelie:

Sie blühte, als sie noch klein war, in Kobe, Japan, vor dem Fenster des Hotels, in dem Pierre und Rachel zum ersten Mal miteinander geschlafen haben. Er hatte es gerade eröffnet und mußte den Betrieb im ersten Jahr selbst überwachen. Sie nahm an einem Karate-Kurs teil, in dem sie ihren ersten Mann kennengelernt hatte; davon hatte sie Pierre nichts gesagt. Doch als er sich auf der Rückreise in Sacramento meldete, war sie auf der Hochzeitsreise nach Hawaii. Er hatte die Kamelie, im Gepäck versteckt, mitgebracht und pflanzte sie jetzt im Garten der unvergessenen Geliebten ein, womit er den Eltern, frommen *Business People*, Eindruck gemacht haben muß. Drei Jahre gedieh die Kamelie unverdrossen, dann war Rachels erste Ehe geschieden, und die zweite zeichnete sich gleich in Form der ersehnten Schwangerschaft ab. Diesmal durfte Pierre, der Kindsvater, die Gesegnete heimführen. Auch die Pflanze machte den Umzug nach Europa mit, nur mit dem Gedeihen tat sie sich jetzt schwer. Es sei eine winterharte Sorte, behauptete Pierre. Dennoch bedeckte er sie jeden November mit Stroh und schien ihr damit nichts Gutes zu tun, denn jahrelang grünte sie nur noch dürftig und blühte gar nicht mehr.

Vergangenen Frühling hat sie zum ersten Mal frisch getrieben und im Oktober drei Knospen angesetzt. Sie waren noch nicht aufgegangen, als Pierre die Kamelie schon wieder in der Verkleidung verschwinden ließ. Aber am ersten Advent hat er eine Ecke von dieser abgetrennt und den Figuren unterlegt, um die Krippe einem Stall ähnlicher zu machen. Daran pflegt die Katze kräftig mitzuwirken. Zum Wetzen seiner Krallen kommt ToraTora der heilige Boden gerade recht.

Insgesamt hat die weiße Kamelie jetzt elf Winter überstanden, fast doppelt so viele, wie du schon erlebt hast. Bisher hat Zeit für dich keine Rolle gespielt, außer sie wurde dir lang. Vor Weihnachten neigt sie dazu. Da ziehen sich drei Wochen als kleine Ewigkeit hin, während die Erwachsenen sie als lückenloses Gedränge erleben. Deine Eltern sind dankbar, wenn dir der Großvater die Zeit, die nicht vergehen will, vertreibt. Sie denken, als Rentner habe man eher zu viel davon, auch wenn sie lieber nicht wissen wollen, daß sie für mich schneller ausläuft. Wie schnell, müssen sie nicht wissen. Und da ich mich darüber nicht täusche, hat sich auch der Arzt mit dem Versuch dazu keine Mühe gegeben.

Ich könnte also beim Aufstellen der Krippenfiguren etwas zu empfindlich gewesen sein. Und doch: daß ich aufschrie wie ein Tier, gehörte sich nicht. Als dein Joseph die Rute gegen Maria erhob, habe ich mich vergessen, und du hast mich angestarrt, als wäre ich ein Gespenst. Ja, es war ein Sechsundzwanzigjähriger, den du brüllen gehört hast. Und ich bin über ihn fast so erschrocken wie du.

Ich schulde dir die Legende zu diesem Schrei.

Du hast dieses Jahr eine Entdeckung gemacht: an der Weihnachtsfamilie deiner Urgroßmutter ist nichts so heilig, daß man es nicht verrücken könnte. Als erstes hast du Maria von der Krippe geholt und sie davon weggedreht. Nun streckte sie die Hand nach einem knienden Lamm aus, das sich nicht einmal nach ihr umblickte. Dafür kam der Esel wieder vor die Krippe zu stehen. Du versuchtest ihm den Engel verkehrt auf den Rücken zu setzen, doch war der Kerzenträger eine zu plumpe Last, und so rücktest du ihn in die Ecke, damit er sich schäme. Dann holtest du das Kind aus der Wiege, nahmst ihm die Spitzendecke weg und deponiertest es am Rand der Strohmatte. Da hob es schwach die Ärmchen, bis du sein Gesicht mit Lamm Nr. 2 zustelltest, das immer wieder umfiel. Besser stand es erst auf hartem Parkett. Wolltest du das Christkind ein bißchen ersticken?

Dann fiel dir ein, Joseph, der geknickt herumstand, den Stab unten aus den Fäusten zu ziehen und oben wieder hineinzustecken. Der demütige Versorger war zum jähzornigen Halbstarken geworden. Gegen wen sollte er seine Waffe schwingen? Das Kind war versorgt, und für Tiere oder Engel gab es keinen Strafbedarf. Plötzlich begannen deine Augen zu leuchten. Du pflanztest Joseph vor Maria auf, so daß die Rute ihre leere Hand treffen mußte. Das genügte noch nicht. Also hast du ihn in ihrem Rücken postiert. Da stand er nun und holte aus. Du hattest mich vergessen und fingst zu hüpfen an. Jetzt gab er ihr Saures! Aber es durfte noch etwas mehr sein, und du legtest Maria auf den Rücken, aber der ist rund, sie blieb nicht liegen. Also lehntest du sie an den Esel, so daß sie dem Schläger ihren Sitzboden anbot.

Und da hörte ich mich laut schreien.

Vor Schreck hast du den Joseph fallen lassen. Sein Kopf brach ab (nicht zum ersten Mal), der Esel stürzte und ließ Maria abrollen. Die Katze verschwand durch die Tür. Du starrtest mir ins Gesicht, und das Blau deiner Augen verdunkelte sich.

Was hast du gesehen?

Wenn du in zwanzig Jahren bis hierher gelesen hast, wirst du dich über mich ärgern. Aber es geht nicht darum, dich nachträglich bloßzustellen. Was Joseph in deiner Hand tat, kam dir von Herzen, also durfte er es tun. Ich, der leibhaftige Josef, hätte es nicht zu tun gewagt. Dafür mußte ich später eine Frau töten. Das, glaube ich, passiert dir nicht.

Diesen Sommer stand Magdas Todesanzeige in der Zeitung. Demnach hat sie meine Tat überlebt. Sie wurde dreiundsiebzig Jahre alt und muß ledig geblieben sein, denn es wird noch immer ihr Mädchenname genannt. Trauernde Angehörige scheint es nicht zu geben, dabei entstammt sie einer bekannten Familie. An deren Stelle zeichnen Ungenannte als »ihre Freunde«. Da ihr Geburtstag vermerkt ist, der 9. Januar, kann ich an ihrer Identität nicht zweifeln. Sie war ein Jahr älter als ich und ist an einem 17. Juni gestorben. Da besteht Aussicht darauf, daß wir im Tod als Gleichaltrige zusammentreffen. Wenn du dies liest, kannst du es wissen. Aber wozu?

3

Du nennst mich Joe.

Im Paß hieß ich Josef Kaspar; Josef vorweg, doch Kaspar unterstrichen. Der Strich war das Werk meines Vaters, mit dem er den Namensstreit zwischen meinen Eltern durch ein Machtwort entschied – fürs Schaufenster, doch ohne Nachhaltigkeit wie das meiste, was er in seinem Leben vollbracht hat. Der familiäre Streit hat eine kleine Geschichte, hinter der sich eine größere verbirgt. Kein Name kommt von ungefähr.

In meinem Fall ist er übers Kreuz zustandegekommen. Mein Vater, Parteigänger des evangelischen Christentums, das ihm immer noch glatt vom Mund ging, hat eben damit den Gottesbund seiner bäuerlichen Vorfahren gebrochen. Er durfte nicht sagen, daß er ihn für eine dumpfe Hypothek hielt, aber für seine Person handelte er danach. Darum wollte er mich nicht auf einen der alttestamentlichen Familiennamen wie Salomon oder Abraham getauft wissen – auch Habakuk und Ezechiel tauchen in den Totenregistern seiner oberländischen Heimatgemeinde auf, und im 16. Jahrhundert ist sogar ein Judas belegt. Aber als meine vergleichsweise bürgerliche Mutter, Christin nur noch dem Namen nach und darum des Glaubens, über biblische Namen nach Wunsch verfügen zu dürfen, mit einem Joseph schwanger sein wollte (als Mädchen hätte ich Rachel heißen sollen wie deine Mom – kannst du dir das vorstellen?), begegnete sie männlichem Einspruch. Alles was recht sei: aber ein so penetrant katholischer Name wolle sich für einen Kummer nicht schicken.

Daraus, daß er dennoch zum ersten meiner zwei Namen geworden ist und inzwischen für die meisten der einzige, könntest du schließen, daß sich meine Mutter am Ende durchgesetzt hat. Ja – aber dafür bedurfte sie doppelter Nachhilfe; zum ersten durch den Tod meines Vaters, wirkungsvoller durch den Jux eines Studienkollegen. Da war ich jedoch schon zwanzig Jahre als Kaspar herumgelaufen. Zwar ist Kaspar einer der Drei Könige, aber seine Herkunft bleibt unbestimmt, in den Evangelien kommt er nicht vor, die drei anbetenden Herrschaften sind legendär und als Geschöpfe frommer Propaganda vom gleichen Stoff wie Vaters eigenes Christentum. So weit hätte er sich natürlich nicht verraten, wenn er so weit gedacht hätte. Aber daß er dem Söhnchen mit dem Namen Kaspar einen Dienst tat, kann er selbst nicht geglaubt haben. Denn es war auch sein eigener Name, und in leutseligen Stunden bekannte er, an ihm gelitten zu haben.

Daran erinnere ich mich genau – und an mein Erschrekken, daß er nur von sich gesprochen hatte. Es schien ihm entfallen zu sein, daß ein Kind gleichen Namens vor ihm saß. Und er hatte ihm diesen Namen gegeben. Was folgte daraus? Daß ich wie er sein sollte – und zugleich gar nicht sein. Er hatte mich gezeugt, damit ich an ihm gemessen würde, und zugleich verschlang er das Maß dafür, und damit eigentlich auch mich selbst. Er hieß Kaspar und führte sich auf, als sei er sich gut genug und, als Herr Nationalrat, eigentlich schon gut für zwei. Aber sein gefangenes Lächeln sagte etwas anderes: warum soll es der nächste Kaspar besser haben?

Vater mußte sich einen Nachfolger im Leben, pro forma, gewünscht haben. Aber im Grunde ertrug er ihn nicht, ohne ihn kleinzukriegen und lächerlich zu machen. Denn ein Kaspar kaspert unweigerlich im Munde eines jeden, der ihn mit diesem närrischen Namen anredet, und damit ist zugleich, auch für den Einfältigsten, das Kaspertheater angesprochen. Als ich mich der Pubertät näherte, wurde dieser Kaspar auch noch anzüglich, denn die von ihm abgeleitete verbale Tätigkeit bezeichnete die vulgärste Form des Geschlechtsverkehrs. Kurzum, ein Kaspar bleibt nicht nur ein Kaspar, er wird immer mehr dazu. Und an der Figur, die ich dabei abgab, sollte ich mein eigenes Gesicht erkennen?

Es interessierte den Vater nicht einmal, ob Kaspar der weiße, der braune oder der schwarze König war oder was er dem Jesuskind denn geschenkt hatte: Gold, Weihrauch oder Myrrhe. Was sollte das! War ich etwa nicht zufrieden mit der elektrischen Eisenbahn, die für mich unter dem Christbaum stand? Hätten wir damit einmal miteinander gespielt – dann hätte Kaspar, der König, auch rot oder grün sein dürfen. Aber Kaspar, der Nationalrat, hatte den kleinen Kaspar schon mehr als reichlich abgefunden – in jeder Kinderfrage witterte er eine Reklamation. Mutter ging ihr wenigstens nach, sie wollte nichts falsch machen: Kaspar war der Mohr, also vermutlich schwarz. Die Auskunft genierte sie ein wenig. Immerhin fürchtete sie, ich könnte sie mir zu Herzen nehmen. Was er dem kleinen Jesus gebracht hatte, wußte sie leider auch nicht zu sagen, aber ich durfte mir ruhig das Feinste ausdenken.

Wußte *sie* denn, warum ich Joseph heißen sollte? Den Joseph des Alten Testaments, über den ich mich in der Kinderbibel kundig gemacht hatte, kannte sie nur flüchtig, dabei hätte er mir gut gepaßt. Der schöne Träumer im bunten Rock, den seine Brüder nach Ägypten verkauften, damit er dort ein hoher Herr werden konnte: der also sollte ich nicht sein, sondern der brave, immer etwas gebeugte Ziehvater aus Bethlehem, mit dem sie offenbar nur Schönes und Aufbauendes verband. Er verkörperte, was sie sich wohl von Herzen gewünscht hat, Familiensinn, Verantwortung, Verläßlichkeit.

Sie hat sich gewiß nicht gefragt, womit die Eigenschaften des Traummanns – mein Vater besaß keine davon – bei seinem biblischen Vorbild erkauft waren. Es war gewiß kein Spaß, die Rolle des ersten Gläubigen einer unbefleckten Empfängnis auf sich zu nehmen, und das bei der eigenen Verlobten. Um der Jungfrauengeburt als Schutzmann zu dienen, mußte er sie zuerst gegen den eigenen Verdacht in Schutz genommen haben. Er hat bei dem göttlichen Spiel, zu dem er gute Miene machen sollte, lange wie der Dumme ausgesehen. Und der gläubige Durchschnitt, der ihn für seine Selbstüberwindung verehrt, kann es nicht tun, ohne ihn auch ein wenig zu verachten. Joseph ist kein ganzer Mann; etwas mehr vielleicht, aber auch etwas zu wenig. Wenn dich eine Frau erst »lieb« nennt, sagte mein Jugendfreund Oskar, dann mußt du wissen: du kommst nicht in Frage.

Als ich alt genug war, um die Zumutung, die an meinem Namen klebte, zu begreifen, hatte sie ihr Werk bereits getan. Wenn ich für Vaters Erwartung niemals das Richtige werden konnte: als Mutters Josef sah ich eine Chance, gut genug zu sein. Lieber John: wäre sie doch kühn genug für das Geständnis gewesen, daß sie mir den Namen ihrer großen Liebe gegeben hat! Sie – oder er – hatte Joseph geheißen, und ich mußte vierzig werden, um ihm bei einem Gastronomie-Kongreß leibhaftig zu begegnen, einige Jahre nach ihrem Tod, über den er mich, nachdem er sich vorgestellt hatte, scheu und dringlich zugleich verhörte. Er war längst Großvater, wohlhabend geworden im Export von argentinischem Rindfleisch. Aber er hatte die einst Geliebte nie ganz aus den Augen gelassen, auch wenn er sich nie mehr bei ihr zu melden wagte. Er wollte zufrieden sein, wenn sie lebte, dem Vernehmen nach glücklich und in Ehren. Er wußte von meiner Existenz und glaubte, Metas Haltung, selbst ihrer Handbewegung bei mir wiederzubegegnen. Und er war erschüttert von der Nachricht ihres Selbstmords. Jetzt erwartete er nicht nur Einzelheiten von mir, er verlangte Rechenschaft.

Unter anderen Umständen hätte es ein versöhnliches Zusammentreffen werden können – mit einem ganz Unbekannten, der ohne sein und mein Mitwissen zu meinem Namenspatron geworden war. Ich faßte auf den ersten Blick Sympathie für den tüchtigen, dabei reservierten Mann, der mein Vater hätte sein können – sein müssen, wäre es nach dem Herzen meiner Mutter gegangen. Ich verstand ihren Wunsch. Und jetzt tat es mir weh, diesem Joseph über ihren Tod so viel Grausames sagen zu müssen. Über ihr Leben wußte er, wie sich bald zeigte, immer noch mehr als ich. Meine Mutter, seine große Liebe, hatte uns einander verheimlicht. Das wäre ein Komödienstoff gewesen, hätte sie nicht auch über sich selbst Schweigen verhängt. Damit zwang sie uns jetzt – aus Rücksicht, nicht mehr aus Angst –, ihre Diskretion teilweise fortzusetzen. Der alte Joseph hielt sich dem jüngeren gegenüber mit Erinnerungen zurück, welche für die Verbindung, der dieser entsprungen war, hätten kränkend sein können. Ach John: sie öffneten mir nur die Augen, über die Kränkung war ich hinaus. Dieser Mann hatte meine Mutter in den Armen gehabt. Jetzt verstand ich besser, warum ich diese Umarmung nicht kennengelernt habe, auch wenn ich es nun um so weniger fassen konnte. Damit hätte sie uns beiden viel erspart. Nein, viel geschenkt.

Josef der Sohn und Joseph der Jugendgeliebte saßen in einem Athener Straßencafé und machten, über den Abgrund der Zeit hinweg, gemeinsame Sache, da die Sache mit unserer Toten verloren war. Ich erzählte ihm von ihrem letzten Urlaub in Sizilien, mit ihrer Vorbemerkung, das sei fast so gut wie Griechenland, das sie nicht mehr erleben werde. Jetzt erfuhr ich soviel: in Griechenland, auf Zakynthos, hatte sie mit diesem Joseph, den sie am Strand kennenlernte, den ersten Urlaub ihrer Liebe verbracht und wußte jeden Tag, daß es auch der einzige bleiben würde. Denn Joseph hatte bereits einer andern Frau die Ehe versprochen, und an einem solchen Versprechen führte damals kein Weg vorbei. Inzwischen hatte es dreißig Jahre gehalten, und er wollte nicht behaupten, daß er dabei schlecht gefahren sei. Aber nun war die Frau tot, mit der er im Glück gewesen war, und es traf ihn wie ein Abschied vom eigenen Leben. Er hörte es von ihrem Sohn, den sie Joseph genannt hatte, und wußte danach schon genug über ihre Ehe, mehr, als ich ihm hätte erzählen können und wollen. Mir aber stand das Unglück der Verbindung, der ich mein Dasein verdanke, zum ersten Mal greifbar vor Augen, als ich in denjenigen dieses Mannes die Wärme leuchten sah, die ihr gefehlt hatte. Mich davon nichts fühlen zu lassen war die vergebliche Mühe meiner Mutter gewesen. Sie hatte nichts Besseres gewußt, als mich zum Komplizen ihrer Behinderung zu machen, bevor sie mit sechzig Jahren die Kraft fand, sie – und mich – endlich fahrenzulassen. Sie verabschiedete sich mit einem Sprung, den sie lange aufgeschoben haben muß, so lange, bis sie wohl nicht mehr fürchtete, mich dabei mit zu zerstören. Fast hätte ich das auch alleine fertiggebracht.

Doch nun saß ich als Begnadigter mit einem andern Überlebenden meines Namens unter der mittäglich eingedunsteten Akropolis. Wir hatten einander bei der Hand gefaßt und schämten uns der Tränen nicht. Durch ihren Schleier sah jeder von uns etwas Verschiedenes: er vielleicht einen Streifen Sand, an dem er die Frau geliebt hatte, die soviel anderes hätte sein und werden können als meine Mutter. Ich aber blickte in die Tiefe eines Kraters, der mich ausgestoßen hatte und dann erloschen war, um mich nicht wieder verschlingen zu müssen. Und doch sahen wir das gleiche, Joseph und Josef: die Möglichkeit der Liebe, zauberhaft noch im Schleier vollendeter Unmöglichkeit.

Von Mutters letzter Liebesgeschichte habe ich dem andern Joseph nichts erzählt. Etwas von dir, Mutter, dachte ich fast heiter, behalte ich für mich.

Josef also – nicht unterstrichen, aber auch nicht durchgestrichen – sollte mein erster Name werden. Zum Rufnamen hätte ihn Mutter, nach zwei Jahrzehnten Kaspar, der in sämtlichen Personalakten verbrieft war, nicht mehr machen können, wäre ihr nicht Oskar, mein genialischer Studienfreund, mit einem seiner Einfälle zu Hilfe gekommen. Das Mädchen, mit dem ich mich für das erste Tanzfest an der Universität zusammengetan hatte, hieß Maria, also hätte ich Joseph heißen müssen – welche Entdeckung, daß ich wirklich so hieß! Dieser Josef, natürlich nicht weniger ein Spottname als Kaspar, wäre nicht dauerhaft an mir hängengeblieben, hätte ihn die Gesellschaft, in der ich damals verkehrte, sich nicht bald gedankenlos zu eigen gemacht. Es gab viele – auch Magda, meine Jugendliebe –, die gar nichts anderes wußten, als daß ich Josef heiße. Und bei einer Erneuerung meines Reisepasses habe ich statt des zweiten Namens den ersten unterstreichen lassen. So hat sich, spät genug, eine Familienregel der Kummer durchgesetzt: die Männer mögen befehlen, aber es sind die Frauen, die taufen. Zoé wollte einen Pierre, Rachel einen John-John, wie Jacqueline Kennedy, aber den hast du ihr nicht nachgesprochen und hast dich einsilbig gemacht. Keine Kindersprache für dich.

Wie habe ich mich selbst genannt? Ich wollte gar keinen Namen, John. Nie habe ich von mir in der dritten Person geredet. Ich konnte schon mit zwei Jahren »ich« sagen. Für alles habe ich – zum Stolz der Mutter – gleich die richtigen Namen gewußt, und für mich fand ich keinen besseren als »ich«. Da ich ein Einzelkind war, kam ich damit vielleicht leichter davon als Geschwisterkinder. Aber ob der Stolz darauf berechtigt war, ist eine andere Frage. Wer keinen Namen hat als Ich, dem legt niemand Boden unter die Füße; er lernt auch kein Maß für die andern. Ich habe mich für alles, was mir begegnete, immer zu groß und zu klein gefühlt, und zwar nicht abwechselnd, sondern gleichzeitig. Kein Wunder, daß ich dreißig Jahre brauchte, um atmen zu lernen, statt zu hecheln oder ganz die Luft anzuhalten – dafür hatte ich eine fast tödliche Krankheit nötig. »Frühreif« war ich nur meiner Mutter zulieb, und damit habe ich ihr so wenig einen Dienst getan wie sie mir mit ihrem Stolz. Denn Frühreife ist der Name für einen Schwindel. Was früh ist, kann nicht reif sein, es verdirbt sich nur die Aussicht, es zu werden. Was aber reif ist, kommt nicht früh, und wenn ihm ein Ich zu lange im Weg steht, kommt es nie.

Dir, höre ich von Mom, wurde von ihrem Psychologen »Altklugheit« nachgesagt, ich mußte ihr das Wort übersetzen. Dich kann ich beruhigen. Schau mich an, alt und klug, das geht gar nicht zusammen. Alt zu werden, John, ist ohnehin nicht klug. Und je klüger deine Kreuzworträtsel werden, desto älter lassen sie mich aussehn. Verlaß dich nur drauf: so klug, wie einer aussieht, wird er nie.

Ob mir deine Mom da folgt, bezweifle ich allerdings. Sie will einen klugen John und einen glücklichen, erwachsen soll er auch noch werden, aber nicht zu bald, und alt werden: nie. Ist das zuviel verlangt? Es ist nur nicht recht klug, zum Glück. Sei froh, daß deine kluge Mom eine solche Schwäche hat, denn sie hat sie für dich. Meine Mutter mußte immer nur stark sein, darum hat sie auch mir keine Schwäche durchgelassen. Für ihre eigene hatte sie niemanden, und so lernte sie ihre Wünsche verdunkeln. Ich konnte früh lesen, aber an einer Stelle war die Dunkelheit in meinem Elternhaus so groß, daß ich meinen Namen nicht richtig lesen konnte, denn auf ihm lag der Schatten einer verlorenen Liebe. Nach dem Mann, den sie geliebt hatte, hätte sie sich einen gewünscht, der sie beschützt hätte, ohne zu fragen: wo kommt denn dieses Kind wieder her? Er begnügte sich damit, es hoheitlich abzustempeln: ein Kaspar. Noch ein Kaspar.

Nein, setzte meine Mutter ausnahmsweise hartnäckig dazu, ein Joseph. Das wird ein Joseph.

Ich wollte weder ein Kaspar sein noch ein Josef werden, darum sagte ich zu mir immer nur: Ich. Als diesem Ich, bekannt schon mit allem außer sich selbst, nichts mehr übrigblieb als die Flucht nach Ägypten, ergab sich fast von selbst, daß ich als Joseph K. Kummer zeichnete: Die amerikanische Weltmacht hat mir, zuletzt in Gestalt deiner Mom, sogar das »ph« wieder zurückerstattet, das meine Mutter dem Vorurteil des Vaters geopfert hatte. Du aber hast mühelos und mundgerecht einen Joe aus deinem Großvater gemacht. Bleiben wir dabei: John und Joe sind ein gutes Paar.

4

Kannst du dir vorstellen, daß ich nie einen Menschen geliebt habe?

Es genügte der Verdacht. Er brauchte mir nur eingeflüstert zu werden, gleich fühlte ich mich ertappt. Wahr ist, ich habe als Gymnasiast nie eine Freundin gehabt oder, wie wir uns damals großspurig ausdrückten, eine Frau. Natürlich redeten wir nicht von »meiner Frau«, das besitzanzeigende Fürwort verlangte das Wort »Freundin«. Aber in der »Frau« verriet sich, wo nicht der Besitz, so doch der Anspruch: derjenige, ein Mann zu sein.

Für meine Eltern war ich noch kein Mann, um so mehr sollte ich einer werden. Mir wurde auch eingeschärft, wie das zu machen war: durch den Verzicht, einem Mädchen nahezukommen. Daraus wurde nichts Gutes. Also »ging« ich lieber gar nicht erst mit ihm. Eben das aber taten meine Schulkameraden. Lieber noch rühmten sie sich, damit geplagt zu sein. Denn wohin es dann zu gehen hatte, wenn man »mit einer Frau ging«, unterlag keinem Zweifel – außer demjenigen, ob es in der Art, wie die Klassenhirsche davon redeten, wirklich stattgefunden habe. Denn sie wußten wunder was von der Schärfe und Unerschöpflichkeit der Weiber zu berichten – in diesem Zusammenhang wurden die Frauen zu »Weibern«. Und wer nichts zu melden hatte, gab sich doch die Miene, er hätte wohl, wenn er nur gewollt hätte, und ließ sich als Komplize wüster Witze nicht lumpen. Überhaupt war alles, was mit Frauen oder Weibern zu tun hatte, ein Treibhaus haarsträubender Witze.

Ob das Krasseste über diese Geschöpfe nun zutraf oder nicht: in keinem Fall stimmte es zu einer der erwachsenen Frauen, die mir, dem Einzelkind, aus Familie und Verwandtschaft nur (wie ich fand) allzu bekannt waren. Und fast noch weniger stand es den gleichaltrigen, nun doppelt fremden Geschöpfen ins Gesicht geschrieben, denen ich auf dem Schulweg oder im Klassenzimmer nie ohne zu erröten begegnen konnte. Am allerwenigsten jedoch stimmte es zu dem Bild, auf das mein Gewissen verpflichtet wurde.

Wie ich anders als verschämt und verkniffen zum »ganzen Mann« werden sollte, wurde mir nicht gezeigt. Die beflissene, immer ernsthafte, heimlich schon verzweifelte Figur, die ich im Spiegel sah, schien jedenfalls beim andern Geschlecht nicht das Richtige zu sein. Damit lockte ich nur sein Kichern hervor. Also mußte man es denen doch zeigen. Aber was? Die fremden Geschöpfe benahmen sich ja bei weitem selbstbewußter als wir. Sie waren die Einheimischen der Welt und, wo immer sie auftraten, gleich für die Hausordnung zuständig. Doch wer waren sie wirklich, wenn sie sich unbeobachtet glaubten, zum Beispiel auf dem Klo mit der Aufschrift »Damen«? Konnten sie nur kauernd ihr Wasser lassen? Warum mußten sie soviel sauberer sein als wir? Sie schämten sich angeblich leicht; warum bemerkte man nichts davon? Floß ihnen wirklich einmal im Monat Blut aus dem Leib, und gerade dann mußte man sie vögeln, wenn man ihnen kein Kind machen wollte?

Aber wurden sie davon, daß sie ein Kind bekamen, nicht Mütter wie unsere? Waren wir nicht einmal selbst Kinder gewesen, wurden wie solche behandelt, wenn wir nicht aufpaßten, und hatten es manchmal sogar nötig? Zwischen dem Blutfleck auf dem Laken und dem Kind in der Wiege gab es eine Sperre, und das Gefühl traute sich nicht, sie zu überschreiten. Verdunkelung herrschte an der Stelle, wo die abscheulichen Witze mit uns selbst zusammenhingen. Was Fleisch und Blut werden wollte, roch nach Schleim und ungelüfteten Betten.

Das Geschlechtsgeheimnis mit den eigenen Eltern in Verbindung zu bringen brauchte uns niemand zu verbieten. Es verbot sich von selbst. Meine Mutter hatte nur pro forma einen Leib. Sie hatte ihn wohl einmal gebraucht, um mich zur Welt zu bringen, doch seither hatte sie ihn nur noch dazu, beispielsweise den Tisch zu decken oder sich zu erkälten. Er genierte sie offensichtlich selbst, darum brachte sie ihn nur selten in meine Nähe, und dann roch ich vor allem, daß sie sich parfümierte. Dafür gab es eigentlich keinen Grund, denn sie hielt auf peinlichste Sauberkeit, ich kannte sie nur angezogen und adrett, aber so war es eben Frauenart und immer noch eher zu ertragen, als wenn sie ihre Beine übereinanderschlug. Das tat sie nur in Gesellschaft, in der sie beim Essen zwar das Kaugeräusch unterdrückte, nicht aber ihre Stimme. Dieser Stimme habe ich mich so heftig geschämt, daß ich den Tisch verließ, sobald es sich unauffällig machen ließ. Ich wollte keine zwitschernde Mutter, und noch weniger eine, deren Stimme beim Lachen tiefer wurde. Auch den Vater schien diese Stimme zu irritieren, denn er äffte sie nach, wenn er auf die Mutter wütend war, und das wurde er fast immer, wenn sie miteinander redeten. Daß er sie vor Gästen angesprochen hätte, außer für Anweisungen, habe ich nie erlebt. Sie lächelte auch so. Wir hatten oft Gäste, denn Vater war ein wichtiger Mann, und für die Unterhaltung wußte er allein aufzukommen, betonte die Worte, auf die er Wert legte, mit dem ihm eigenen heiseren Nachdruck, wußte ungezählte witzige, immer passende Anekdoten zu erzählen und trug dabei ein bübisches, doch fast unbewegtes Lächeln zur Schau.

Zu Hause hatte aber auch Vater, außer daß er ein Mann war, kein Geschlecht. Um so mehr war ich bestürzt, als er mir eines Nachts – ich verließ gerade die Toilette – auf dem Korridor entgegenkam, ohne mich gleich zu sehen. Sein Bauch war nackt, mit krausem Buschwerk besetzt, und an seinem ungeheuerlichen Glied hing eine durchsichtige Blase und baumelte bei jedem Schritt. Als er mich erkannte, versuchte er sich zu bedecken, aber ich war jetzt sicher, einen schwer kranken Vater zu haben, dem ein unsäglicher Schaden aus dem Leib wuchs, und daß er mich, halb grinsend, eines grausigen Vertrauens gewürdigt hatte.

Wenn uns Frauen unheimlich waren, dann wegen der Grenzenlosigkeit ihrer Verstellung. Unter Zwölfjährigen haben wir ernsthaft die Frage diskutiert, ob Frauen auch Menschen seien – das mußte wohl ausgemacht bleiben, auch wenn es nicht weiterhalf. Denn auf ihre Barmherzigkeit war so wenig Verlaß wie auf ihren Verstand, und wir hätten sie uns ja auch verbeten. Hatten sie denn eine Seele? Eine bange Frage. Offen zu bestreiten wagte es niemand. Bestimmte Frauen wollten ja geradezu aus Seele bestehen, aber gute Erfahrungen machte man mit denen nicht. Ihre angeblich so anspruchsvolle Seele war doch nur zimperlich oder überspannt. Kam es aber darauf an, so zeigte sie sich von einer so beschränkten Seite, daß sie unserer Seele das Fliegen verdarb und uns schadenfroh in ihre Niederungen herabzog.

Im Grunde, so lautete das von Gewährsmännern verbreitete Gerücht, wollten die Frauen gar nichts anderes, als daß man es ihnen besorge. Was, davon ließ sich nur wegwerfend reden. Doch wurde es davon erst schauderhaft. Denn wie konnte einem der Schluß erspart bleiben, daß Kinder, also auch wir Männer, nichts Besseres waren als Ausgeburten weiblicher Haltlosigkeit? Und wie paßte dazu, daß uns eben die Mütter unaufhörlich zum Anstand anhielten, als wüßten sie von ihrer eigenen Unanständigkeit nichts? Waren sie ungemein dumm oder ungeheuer verlogen?

Wohl beides zusammen, entschieden wir einstweilen definitiv und dachten nicht daran, solche Zuschreibungen auch auf uns selbst anzuwenden, obwohl unser Stolz durchaus gelten ließ, daß Männer zum Kindermachen unentbehrlich blieben. Am Tiefstand der Sitte aber, der damit verbunden war, beteiligten wir uns nicht. Daran traf uns keine Schuld. Waren wir etwa selbstgerecht und unverantwortlich? Nein doch – wir wurden verführt. Aber zugleich sollten wir führen, und daß wir, die erklärten Täter, zugleich die hilflosen Opfer sein sollten, ging in unserem Kopf nicht zusammen. Das Geschlecht war ein Fall, auf den unser Selbstgefühl nicht gerüstet war. Männer mögen ja Opfer bringen – vielleicht war das sogar recht eigentlich ihr Beruf. Doch Opfer sein – das gehörte sich nicht. Es blieb ein Skandal, dem nur mit wüsten Witzen beizukommen war – und sie vergrößerten ihn noch. Was zwang uns, immer weiter auf eine Stelle zu starren, die gar keiner näheren Betrachtung würdig war?

In unserer Wahrnehmung blieb ein blinder Fleck. Was er bezeichnete, war die empörende Gewißheit, daß die

Weiber uns an dieser Stelle jederzeit kommandieren, nach ihren Bedürfnissen auf- und abbauen konnten. Hier hatten wir unsere Schwäche. Sie war eine Tatsache, während die Schwäche der Frauen nur gespielt war. Hier hatte ihre Macht über uns, die Starken, ihren Ursprung, und hier nahm sie kein Ende. Um uns den Samen zu entreißen, genügte ihnen ein einziges Mal, die sogenannte Begattung. Danach hüteten sie ihn in ihrem Leib, solange sie wollten, und wurden schwanger, wann immer es ihnen paßte.

Das war das Neueste aus dem Reich der Frauen, das uns ein Kenner – er hieß Renato – in einer Ecke des Pausenhofs verriet. Das hatten wir wohl gar nicht gewußt?! Er war erst zwölf Jahre alt, aber er hatte es geradewegs vom Frauenarzt.

Wir zweifelten immerhin. Aber ich erinnere mich genau, daß ich den Gedanken nicht übel fand, es mit einem einzigen Mal hinter mich zu bringen und danach frei zu sein, wenn ich auch noch nicht wußte, wofür. Für das Größte jedenfalls. Da konnte man sicher sein, daß die Frauen einem dahin nicht folgten. Aber jenes eine Mal, das erste und vielleicht letzte, hörte nicht auf, mich zu beschäftigen, und nachdem ich eines Nachts mit nasser Pyjamahose erwachte, versuchte ich mich immer wieder daran.

Dabei stand mir das Hundepaar vor Augen, dem ich am Rand einer vom Frost bereiften Wiese zugesehen hatte. Der braune Setter hatte das kleinere gefleckte Tier herumgehetzt und drehte sich mit ihm in immer engeren Kreisen, bis sie beide Flanke an Flanke standen und der Rüde der Hündin aufreiten konnte. Nun stemmte er seine schlotternden Hinterbeine gegen ihren Leib, den er pumpend festhielt, während er Atemwolken in die Luft hechelte. Auch die Hündin hatte das Maul offen und stand wie zusammengedonnert mit gespreizten Beinen. Dazu starrte sie abwesend in die Gegend und ließ nur ab und zu ein Winseln hören. An meinem Leib hatte etwas zu zucken angefangen. Ich stand wie angefroren. Dann bemühte ich mich, unbeteiligt weiterzugehen, und konnte doch kein Auge von dem Schauspiel wenden. Endlich war der eine Hund vom andern abgefallen, aber er versuchte vergeblich, sich zu lösen. Ich sah, wie der Rüde an seinem Glied zerrte, das im Leib der Hündin festsaß. Schließlich stand er, immer noch angewachsen, Hintern an Hintern mit ihr und warf den schmalen Kopf winselnd immer wieder nach dem andern Tier zurück. Es schien ihm nichts übrigzubleiben, als es abermals zu besteigen. Die Hündin setzte sich in Bewegung und schleppte den Setter, die Hinterläufe nachziehend, von der Stelle, während er mit allen Zeichen der Verzweiflung zu schlottern und zu pumpen fortfuhr. Schließlich war das größere Tier über dem kleinen zusammengebrochen. Wie in einem bösen Traum schlenderte ich weiter, und als ich mich an der Ecke nochmals umblickte, standen die Hunde wieder voneinander abgewandt Hintern gegen Hintern.

So war das also, so stand es mit der Liebe. Das, John, war mein erstes sexuelles Erlebnis.

5

Mein Vater, Aufsteiger aus frommem Bauernhaus, starb bald nach meinem Abitur. Herzstillstand mitten im Wahlkampf, an dem er sich übernommen hatte: das war die Lesart, welche die Rücksicht auf meine Mutter gebot. Als Vertreter einer evangelisch-konservativen Partei war er zwar nicht mehr als Kirchenchrist, aber doch in der Zuversicht gestorben, der einzige Sohn möchte Pfarrer werden, und hatte mich auf den humanistischen Zweig des Gymnasiums geschickt. Alte Sprachen, fand er, könnten mir nicht schaden.

Im ersten Studienjahr hatte ich mich zwar nicht mit Theologie, doch immerhin mit Religionswissenschaft beschäftigt und daneben »Daseinsanalyse« gehört. Das Gebiet wurde von einem introvertierten, doch eleganten Professor vertreten, der für sein Tennisspiel bekannt war und eine »Phänomenologie des Wollens« verfaßt hatte. Nach Vaters Tod versetzte mir die Wallfahrt zu Le Corbusiers monumentaler Ronchamp-Kapelle einen Stoß und erfüllte mich mit einer Vision. Um die Welt für wahre Bedürfnisse umzubauen, mußte ich ein großer Architekt werden. Dafür empfahl sich wohl, zuerst ein wenig Architektur zu studieren.

Damit brach ich aus der Sippenhaft aus und hätte am liebsten gar nicht mehr Kummer geheißen. Mit dem Wechsel des Fachs eröffnete sich auch die Chance, in ein anderes Milieu umzusteigen. Eine neue Welt lag in der Luft, die man mit dem Dunst blauer Gauloises schwängerte. Geworfen, wie man sich fühlte, war man dazu verdammt, sich selbst zu entwerfen. Dazu hörte man Miles Davis und trug zur verwaschenen Cordhose den schwarzen Rollkragenpullover.

Daß unsere Uniform dem Priesterhabit nachempfunden war, kam nicht von ungefähr, denn wir hielten es schon beim Frühstückskaffee mit den Letzten Dingen und hatten den Kompromiß abgeschafft. Die Revolte enthob uns der Mühe, geistlosen Zumutungen anders als mit Ekel zu begegnen. Da wir von jetzt an das Heil der Menschen über ihr Wohl stellten, und dies unbedingt, behandelten wir das Leibliche mit Geringschätzung. Diese milderten wir, wenn es uns in weiblichen Formen begegnete, durch jene Manieren, die uns in der Tanzstunde eingeschärft worden waren. Begierden Gewalt zu tun wurde von einer Ehrensache zur Stilfrage, auch wenn wir die Lehre, welche die Triebunterdrückung als Quelle aller Unfreiheit entdeckt hatte, andächtig studierten. Doch die Praxis dazu, das Paradies der Enthemmung, war mit den höheren Töchtern, die im Hörsaal gewissenhaft mitschrieben, einstweilen nicht zu erleben. Also blieb der Garten der Lüste ein Fall für radikale Philosophie, mit der wir einander imponierten, ohne uns in Unbequemlichkeiten zu stürzen. Als geistige Menschen wußten wir: Praxis muß sein. Leider schändet sie auch.

Immerhin wären wir der Schande vielleicht doch nähergetreten, wenn sie erschwinglich gewesen wäre. Meine Mutter hatte wohl ein Haus, aber auch unerwartete Schulden meines Vaters geerbt, die sich aus der Witwenpension gerade zur Not verzinsen ließen. Auch der Reichtum ihrer Familie erwies sich, als sie gern darauf zurückgegriffen hätte, als Chimäre, die sie in Gestalt einer ledig gebliebenen Tante, von Vater »die graue Ida« genannt, auch noch als Pflegefall ins Haus nehmen mußte, um sich die Aussicht auf eine namhafte Erbschaft zu erhalten – ohne alle Gewähr. Denn je aufmerksamer man die mäklige Person versorgte, desto weniger konnte man ihr recht machen. Unter den drei Weiblichkeitsstufen, in die uns der eher zum männlichen Eros neigende Griechischprofessor eingeweiht hatte, stellte Tante Ida (nach der jungfräulichen »Kore« und der immer lüsternen »Nymphe«) den dritten Grad dar, um dessen korrekte Aussprache (»Gra-ys«) er sich gar nicht erst bemühte. Sie war, wonach sie deutsch klang, ein »Graus«. Und daß in ihr die wahren Eigenschaften auch der übrigen Stufen ans Licht träten, machte seine Ironie so deutlich wie gerade noch erlaubt.

Tante Ida war ein Graus, die graue Verkörperung jedes

Verdachts, mit der ich den »Frauen« oder »Weibern« zu begegnen gelernt hatte. Ihn in diesem Fall »leibhaft« zu nennen verbot eigentlich der Augenschein. Und doch hat sie mit ihrer unerschöpflichen Lustlosigkeit über die Jahre meiner Jugend einen Schatten geworfen, kunstvoll gewirkt wie das Netz einer Spinne. Fromm war sie auch, auf ihre pedantische Art, und so maß ihr Gott unverdrossen, wenn auch mit dem Tropfenzähler, immer noch ein Jahr zu. Auch Er schien auf ihren Zugang nicht begierig. Mein Vater hatte sie in wohlfeilem Hohn »die Unsterbliche« genannt, und in der Tat war sie die einzige, die bei ihrem in Salz und Säure eingelegten Wesen wohl zu gedeihen schien. Sie hat mich, wirksamer als jeder große Entwurf eines eigenen Lebens, aus dem Elternhaus vertrieben. Meine Mutter mußte sich mit dieser Tante eine Seligkeit verdienen, die in jeder Hinsicht zweifelhaft war. Gewiß nur, daß sie das Zeitliche ohne das verbitternde Zubrot Tante Idas nicht standesgemäß hätte bestreiten können und also auch nicht den Aufwand meines Studiums. Jahrelang hat die Graus so das Leben meiner Mutter gestohlen, und als sie es endlich herausgeben mußte … Davon später mehr.

Kurzum, John: mein Taschengeld war zu knapp für jede Sünde und erlaubte keinen der Sprünge, von denen wir träumten. Natürlich träumten wir hinter dem Gauloise-Schleier von nicht viel anderem. Doch betrachteten wir uns, in tapferer Selbstverkennung, als nüchterne Männer. Träumen blieb Frauensache. In dieser glaubten wir weitergekommen zu sein. Man prahlte nicht mehr mit »Frauen« oder gar »Weibern«, um so obligatorischer hatte man eine – »meine« – Freundin. Mit besitzanzeigendem Fürwort war sie zur Treue verpflichtet. Ohne diese hätten wir es, was immer, nicht getan. Die Legende der einmaligen Besamung hatte sich zwar erledigt, eher bekräftigt aber diejenige weiblicher Unerschöpflichkeit. Und diese machte den Fall der Treue noch anspruchsvoller als den der Untreue. Was Frauen Neigung war: Männern war es Pflicht. Männer mußten können, Frauen war das Können geschenkt. Dafür verstanden sie – zart, aber unerbittlich – zu fordern. Glück. Wenn es aber nicht immer nur das Eine war: was dann, und wie weit hatte man dafür zu gehen?

Konnte man mit Frauen überhaupt rechnen? Oder nur mit den weniger attraktiven? Daß sie eine Seele hatten, wurde inzwischen nicht mehr bestritten; auch daß sie Seelen waren, ließ sich schwerlich halten. Aber was wir mit Leib und Seele waren, waren sie mit Seele und Leib: dieser kleine Unterschied galt jetzt als unleugbar. Und fein, wie er schien, wollte er mit quasi eisernem Feingefühl behandelt werden, sonst kehrte er unsere Welt um. Sensibel mußte der Mann sein – nur nicht zu sehr, das riet einem jeder Kumpan, der sich mit Frauen auskannte. Zu sensibel: das empfiehlt sich nicht, im Gegenteil. Mit einer gewissen Gefühlsstutzigkeit fährt man am besten. Sie kommt auch noch an. Frauen sind nie, wie sie reden – und sicher, wie sie sich geben, sind sie schon gar nicht.

6

Ich hatte noch keine Freundin; daran begann sich in meinem 22. Jahr, meinem letzten als Daseinsanalyst, etwas zu ändern. Schrittweise; denn es war das Tanzfest der Universität, vielmehr schon die Vorbereitung dazu, womit ich den toten Punkt überwand.

Der Uni-Ball war in den Fünfzigerjahren noch ein ernstgenommener Anlaß, verbunden mit Tenue, Komment und einem erheblichen Eintrittspreis. Wer sich diesen sparen mußte und noch keine Begleitung hatte, arbeitete an der aufwendigen Dekoration mit. Das Ballmotto lautete: »Piratenschiff«. Oder war es »Die Schatzinsel«? Jedenfalls gehörte ich zu der Gruppe, die mit dem Aufbau einer monumentalen Galionsfigur beschäftigt war. So ergab es sich, daß ich mit einer Jurastudentin Hand in Hand arbeitete. Die Sprache ihrer Augen, die ohne Brille schüchtern wirkten, ermutigte mich zum Gebrauch der Wir-Form, die sich aus dem Du ergab. Auch dieses war Anfang der Fünfzigerjahre unter Studierenden noch keineswegs die Regel. Eigentlich war es uns von der Kumpanei aufgedrängt worden, nachdem sich gezeigt hatte, daß sie Maria hieß und ich, außer Kaspar, Josef. Damit waren wir als Paar abgesegnet und begannen, uns versuchsweise wie ein solches zu verhalten.

Dabei hatten wir keine Krippe einzurichten, sondern einen weiblichen Torso zu bauen, der kühn sein durfte, aber nicht zu nackt. Zwar führten wir den Leib, der von einem Skelett aus Dachlatten gestützt war, als Akt aus – vor der Schamgegend begann glücklicherweise der Galeerenrumpf –, übermalten ihn danach aber mit einem meergrünen Badekostüm, das die Busenpracht, die es zu verkleiden vorgab, noch greller zur Geltung brachte. Dieser Sprung über ihren katholischen Schatten war der Juristin eigentlich zu viel. Und wenn sie ihre Mitwirkung nicht versagte, so nur, weil ich ebenso gehemmt war wie sie. Das sah man der Figur am Ende nicht an.

Maria gehörte nicht zu den Mädchen, die wir – mit aufgesetztem Spott – »offizielle Schönheiten« nannten. So brauchte mir die Frage kaum noch den Atem zu verschlagen, ob wir uns »nicht auch das Fest zusammen ansehen« sollten. Wurde sie jetzt also »meine Freundin«, so hatte ich mich dafür nicht einmal ernsthaft verlieben müssen. Das entlastete mich enorm.

Zum Fest erschien Maria in einem langen rosa Kleid, ich in Konfirmandenschwarz. Ich führte sie korrekt, wie ich's gelernt hatte, doch schien Maria in einer anderen oder gar keiner Tanzschule gewesen zu sein, und so bestanden die ersten Stunden aus lauter kleinen Zusammenstößen. Die Erkältung darüber verbargen wir uns mit kameradschaftlichem Lächeln, ohne uns dabei recht anzusehen. Mitternacht war vorbei, und der Wein tat seine Wirkung, als ich meine Zuflucht im engeren Tanzen suchte. Statt daß wir einander anstießen, kam die Bewegung jetzt fast gänzlich zum Stillstand. Da wir Wange an Wange tanzten, brauchten wir uns nicht mehr ins Gesicht zu sehen. Doch konnten Marias Schenkel in ihrem langen Kleid nicht ausweichen, wenn sie zwischen meine eigenen gerieten. Zum ersten Mal im Leben empfand ich jetzt an ihrem Unterleib Spuren jener Bewegung, von der ich soviel hatte berichten hören.

Immer wieder zog mich Maria ins Freie, wo die Umarmung nicht fortzusetzen war. Wir sahen von der Brüstung der Terrasse fast wortlos auf die verdunkelte Stadt zu unseren Füßen. Erhitzt, wie wir waren, mußte sich Maria verkühlt haben, denn als ich sie um vier Uhr früh zu ihrem Elternhaus zurückbrachte, fühlte sich der Abschiedskuß auf ihren trockenen Lippen fiebrig an. Aber sie hielt, nachdem sie die Haustür geöffnet hatte, meine Hand fest und zog mich daran wortlos ein erloschenes Jugendstil-Treppenhaus hinauf bis in den Dachstock und in ihr Zimmer. Dort begann sie mich ausführlich zu küssen. Plötzlich toste sie mir ins Ohr, so heiß, daß ihre Worte kaum zu verstehen waren: es sei das erste Mal, und ich möge doch bitte aufpassen, sie sei »ihrer Tage nicht ganz sicher«. In einer

Art Ohnmacht sah ich zu, wie sie im Halbdunkel aus dem zerdrückten Festkleid schlüpfte und sich im Büstenhalter und Slip auf die Bettkante setzte.

In meinem Kopf stand die Welt still, als ich, mit dem Ungeschick bodenloser Scham, aus dem Konfirmandenanzug stieg und mich, gleichfalls im Unterzeug, neben sie setzte, sie mit fortgesetzten Küssen auf das Bett niederdrängte und, halb auf ihr liegend, ihren fremden Leib erst zu streicheln, dann ausgedehnter abzusuchen begann und dabei ihren tiefer werdenden Seufzern lauschte. Als ich mit der flachen Hand in ihr Höschen fuhr, fand ich das aufgeblätterte Gebilde, das mir entgegenkam, so feucht, wie sich meine Hose anfühlte. Meine Scham ist so groß, hörte ich Maria flüstern, und mein mutig gewordenes Glied schien nur auf diesen Satz gewartet zu haben, um sich in schauerlicher Unaufhaltsamkeit zu entladen. Gleichzeitig überschwemmte mich eine grenzenlos fade Erleichterung, zu der Marias Stöhnen paßte wie der Gesang der Sirenen zum Wimmern eines Bettnässers.

Die Heftigkeit war nicht mehr gespielt, mit der ich ausstieß: Maria. Wir dürfen nicht. Und als sie Pst! zischte – wo schliefen eigentlich ihre Eltern, schliefen sie überhaupt oder lagen in Scham und Entsetzen erstarrt? –, flüsterte ich aus Herzensgrund: Maria! Ich kann dein Leben nicht so zerstören.

Maria richtete sich halb auf und sah mich im Halbdunkel forschend an, viel zu lange. So ein starker Mann war ich? In ihren Augenhöhlen floß undurchsichtige Schwärze, dann setzte sie sich auf den Bettrand und bedeckte sich mit dem Ballkleid, dessen Rosa nur zu erraten war. Rührte sich da nicht wieder etwas zwischen meinen Beinen? Zu spät. Aber es kam der Beteuerung zu Hilfe, mit der ich mich noch einmal über Maria warf, sie niederdrückte, ihren zusammengepreßten Beinen meine Stärke zu fühlen gab und in ihr Ohr hineinsagte: ich liebe dich sehr.

Aber nach ein paar pflichtschuldigen Wiedersehen wußten wir beide genug und fielen voneinander ab.

7

Die Kummer, meine und deine bäuerlichen Ahnen, waren Flöchner – von ihren Verächtern Stündeler genannt, wegen der regelmäßigen Bibelstunden, zu denen sie sich reihum auf ihren Höfen versammelten, um den Verkehr mit ihrem Herrgott unmittelbar zu pflegen. Von weitem betrachtet, ist das Oberland ein unauffälliges Hochland unter dem Himmel, mit vereinzelten schroffen Schründen, von denen Kletterschulen heute gut leben. Früher aber ernährte das Land seine Leute kaum. Seine Oberfläche besteht aus Kalk, in dem das Wasser entweder ins Bodenlose versikkert oder sich, wo eine undurchlässige Schicht den Abfluß hemmt, in Gräben mit steilen Wänden sammelt. In diesen »Bödelein« genannten Löchern, die auch das einzige bebaubare Land, und nie mehr als ein paar Juchart davon, hergeben, saßen die Bewohner wie Gefangene. Und da die Sonne nur ein paar Stunden, im Winter fast gar nicht zu ihnen hereinschien, wäre ihnen, hätten sie nicht essen müssen, viel freie Zeit geblieben. So aber mußten sie sich diese mit Heimarbeit aller Art vertreiben, vom Leineweben bis zum Kellenschnitzen, und kamen doch nie aus dem Hungern und Frieren heraus. Dagegen halfen sie sich seit der Reformationszeit mit ihrer sonderbaren Frömmigkeit und wurden auf diese Weise belesener als andere, obwohl sie keine Schule hatten und die Kunst immer vom Vater auf den Sohn überging. Die Mädchen lernten um so besser zuhören und bewahrten die Worte des Herrn in ihrem Herzen, aus dem sie noch lieber eine Mördergrube machten als ein Lotterbett sündiger Begierden.

Da jede Sippe für sich hauste und die Wege von einem Höflein zum andern, für Krähen zwar nur ein paar Flügelschläge, für Menschen jedoch lang, gewunden und oft genug ungangbar waren, hatten die Zusammenkünfte um so mehr zu bedeuten und zogen sich oft über mehrere Tage hin. Um sie für die ewige Seligkeit recht anzuwenden, las man miteinander die Heilige Schrift und legte sie aus, so gut man verstand, und bald verstand man sie besser als jeder Pfarrer.

Auf diese Weise hatte die Not der Flöchner einige Jahrhunderte Zeit, zur Tugend zu werden. Sie bildeten ihre ganz eigene Priesterschaft, und die Kummer, unsere Vorfahren, genossen absonderlich den Ruf, der Herr gebe es ihnen im Schlaf, und wurden auf diese Weise gewaltig unter den Armen. Der Herr hatte sie mit dreierlei Zeichen gesegnet, dem Gottesblick, der Adlernase und dem gefangenen Lächeln. Im Fall höherer Begnadung kam noch die Eliasbraue hinzu; rechten wie Hiob und klagen wie Jeremias konnten sie schon von Natur.

Nachdem die Fabrikindustrie die Not, zusammen mit der Frömmigkeit, erst verschärft, dann gemildert hatte, blieb den Gotteskindern immer noch das Gefühl für die eigene Wichtigkeit, und einzelne entwickelten Geschmack an der Welt. Sie lernten nicht mehr nur lesen, sondern auch rechnen. Ein Kummer war der erste, der um 1830 aus dem Bezirkshauptort, in den er sein Garn getragen hatte, nicht mehr zurückkehrte, sondern sich dort, mit Hilfe einer Fabrikantentochter, selbst als Verleger auftat. Bereits sein Sohn brachte es zum Gemeindeschreiber, ein Amt, das sich durch weitere Generationen in der Familie vererbte. Als Seminarist war dein Urgroßvater der erste Studierte der Sippe, aber auch der erste einzige Sohn. Er hatte noch zwei Schwestern, danach starb die weibliche Linie der Kummer aus. Dafür verfestigte sich die Tradition, daß man sich durch Heirat besserstellte. Meine Mutter war in ihrer Jugend eine fast südlich wirkende Brünette von zarter Figur. Mein Vater hat sie, keineswegs nur freundlich, »Püppchen« genannt und Unrat gewittert, wenn sie sich »wie etwas Besseres« benahm. Erst als Witwe getraute sie sich den »Kummer mit Kummer« einzugestehen und ein ganz anderes Leben auszuprobieren. Ich fürchte, er hat noch als Toter gewußt, wie er es ihr verderben konnte. Sie hat gezeichnet, auch getöpfert, das weißt du. Als Tochter eines Forstdirektors, der in Mußestunden Bilder restaurierte, hätte sie der Flöchnerschen Sippschaft eine musische Mitgift zu bringen gehabt, doch blieb schon die materielle unter den Erwartungen des Vaters. Sie war mit dem Kauf eines Hauses erschöpft, so daß er dieses, wie zur Strafe, der grauen Ida öffnete, die einer größeren Erbschaft verdächtig war.

Vater selbst war aushäusig: kein Wort habe ich von ihm so oft gehört wie »Sitzung«. Der Gemeindeschreiber wurde Gemeinderat und Kirchenpfleger. Er ergab sich einem Vereinsleben, das ihn weit führen sollte, am Ende als Parteichrist ins nationale Parlament. Er besaß die Adlernase, das verläßlichste Merkmal der Familienphysiognomie, und nannte sie sein »Markenzeichen«. Auch die starken Brauen blieben ihm treu, doch der Gottesblick war gewöhnlicher Bauernschläue gewichen. Und was das gefangene Lächeln betraf, so habe ich es schon als Kind gefürchtet. Denn es war dem von tiefen Furchen geteilten Untergesicht aufgesetzt wie eine schmallippige Blüte mit fleischfressenden

Zähnchen. Der Tod hat davon nur ein ratloses Kaspergesicht übriggelassen.

Die zugeheirateten Frauen haben aus den Kummerschen Zeichen der Gnadenwahl eine Lotterie gemacht. Ich habe wieder, ins Weiche gezeichnet, den vollständigen Bausatz zu bieten. Pierre hat sich die Liebe zum Wort, aber nur melancholische Reste des Gottesblicks bewahrt, während sich bei dir zwar das Kummersche Häkchen im Gesicht beizeiten krümmt, die kommenden Eliasbrauen aber Moms blaue Augen überwölben werden. Und beim Lächeln zeigst du jetzt schon die ganze Breite von Zoés alexandrinischen Sonnenaufgängen. Von Gefangenschaft, Gott sei gelobt, keine Spur.

Als ich Religionswissenschaft studierte, habe ich im Grunde Ahnenforschung getrieben und den halbstädtischen Kummer-Verschnitt mit den oberländischen Originalen verglichen, damals ohne Sympathie mit beiden – und fast noch weniger mit mir selbst. Gegenwart war nicht meine Stärke, darum schrieb ich mich, als geworfener Zeitgenosse, lieber von der Zukunft her, in der Luft eines ganz neuen Morgens suchte ich meine Wurzeln. Doch wenn sich meine Studienkollegen ihr persönliches Profil mühsam und unsicher aus dem akademischen Lehrstoff zusammenbuchstabierten, war ich insgeheim stolz auf die Prägung meines eigenen. Das Heilige bedurfte für mich keiner Einführung. Auch als abgefallener Kummer war ich von Haus aus ein Schriftgelehrter, denn die Flöchner hatten seit Generationen mit Gott auf du und du gelebt. Mein Vater berichtete noch mit familiärer Schadenfreude, wie man den Hirten auf dem großväterlichen Hof zu empfangen pflegte, wenn er sich den Besuch seiner verlorenen Herde schuldig glaubte: wie einen Hosenscheißer, der im kleinen Abc gerade die ersten Schritte getan hat. Man verbohrte sich in Gottes dunkle Wege wie der im Oberland verehrte Schuster von Görlitz, »der Böhm« genannt, der zwei alten Frauen regelmäßig im Traum erschien, um sie mit dem Lichtlein auf seinem Kupferkessel zu erleuchten. Die Männer hielten sich lieber an die Patriarchen des Alten Testaments. Sie verstanden aber auch gotteslästerlich zu fluchen, denn des Teufels kann man nicht herzhaft genug spotten, und der Versucher ist nie ferne bei Handlungen, die vom Heiligen Geist beraten sind. Am Vorabend des Sabbat hielt noch mein Urgroßvater über die Seinen ein kleines Weltgericht, in dem er den Kindern, aber auch seiner Angetrauten die Wochenbeichte abnahm, die Leviten las und den Herrn um Nachlaß für ihre Sünden bat. Seine eigenen brachte er danach allein vor Ihn, denn Geschäfte unter Männern bedürfen keiner Zeugen.

Frauen dagegen stand es wohl an, ganz Ohr zu bleiben in der Gemeinschaft der Heiligen, aber den Mund zu halten. Das Herz des Weibes soll zittern, nicht hüpfen, zu leicht will es fertig werden mit Gott, der Seiner nicht spotten läßt. Das Beste hat sie von Natur, und das Schlimmste erst recht. Denn der Mensch wird in Sünden empfangen, und geboren zwischen Kot und Urin. Sein Sinnen und Trachten ist böse von Jugend auf. Die Tochter Evas suche ihr Heil beim Mann und erinnere sich zugleich, daß sie nicht unschuldig ist an seinem Unheil. Ihr Gelüst werde durch die Zucht der Ehe geregelt, ein für allemal. Sie brauche ihre Stimme im Hause, um ihre Kinder zu vermahnen und sich vor dem Manne zu verantworten. Wenn das Haupt gesprochen hat, schweige der Leib. Zum Segen der heiligen Gemeinschaft, nicht etwa zum eigenen Mutwillen, sind Mann und Frau Ein Fleisch. Kaum haben sie ihre Freude dran: schon hat es der Teufel gesehen.

Den Versucher, der ihr im Leib sitzt, bemerkt das Weib zu spät oder nie. Ihr Fleisch neigt sich zur Seele hin, aber ihre Seele geht nach Fleisch. Die gebotene Trennung zwischen beidem will der Frau nicht recht natürlich scheinen, und eben darin verbirgt sich die List des Teufels. Da muß wenigstens das Haupt wissen, was gespielt wird. Es reiße sich ab vom Fleisch und mache sich ein Gewissen. Darum muß im Hause nach jeder Sündennacht wieder ein Gottesmorgen ausbrechen, wenn es sein muß: mit der Stimme des Zorns. Vergißt der Frauenleib den Willen des Herrn, so muß er ihm mit der Rute gezeigt werden. Dabei halte sich das Weib immer vor Augen, daß der Züchtiger nur sich selbst überwindet. Ein Flöchner straft um Gottes willen, darum schmerzt ihn die Strafe allemal mehr als die Bestraften, Weib oder Kind.

»Flöchnen« bedeutet in älterer Mundart »etwas flüchten, in Sicherheit bringen«, sein Heu vor Wetter und Sturm, sein Gut vor Soldaten und Räubern. Es könnte zuerst ein Spottname gewesen sein, den sich die Winkelchristen hinterher selbst ansteckten, wie die niederländischen Geusen in der Zeit Philipps II. den stolzen Namen von »Bettlern«. Wo viel Not ist, gibt es viel zu flöchnen, gottgefälliges Leben ist eine tägliche Flöchnerei. Das Haar ist, sagt der Apostel Paulus, dem Weib zur Decke gegeben, damit sie ihren Leib vor der Sünde flöchne. Der Mann baut sein Haus zum Flöchnen von Weib und Kind, und seine Seele flöchnet er ins Gebet. Er kann in den Fall kommen, sein Gewissen vor der Kirche flöchnen zu müssen, oder seine Seelenruhe vor der Politik.

Doch um sein Schäfchen ins Trockene zu bringen, muß einer auch seinen Frieden mit dem Staat machen können. Die Flöchner gaben dem Kaiser, was des Kaisers ist, und für die Duldung, mit der ihnen die Obrigkeit begegnete, bedankten sie sich mit der Ausdehnung ihrer Rechtmäßigkeit ins Nationale. Sie entwickelten eine Art Vaterlandsfrömmigkeit, die der Liebe des Volkes Israel zum Gelobten Land nachempfunden war. Dabei kam auch ihr Sinn für statutarische Feierlichkeit auf seine Kosten. Kein Flöchner brauchte in eine Neue Welt auszuwandern; die angestammte war auch den Kummer, unsern Vorfahren, für ihre Bewährung mehr als recht. Dabei trachteten sie ihre Frauen vor dem Mitreden in politischen Angelegenheiten zu bewahren, wohl wissend, daß das Öffentliche und das Sittliche zwei paar Schuh sind. Nur die Männer sind geschickt genug, sich beide zusammen anzuziehen.

»Sollen wir den Männern auch das noch abnehmen?« So lautete der von meinem Vater zwar spöttisch, aber auch gern zitierte Seufzer einer Flöchnerin wider die politische Gleichberechtigung der Frau. Schwieg meine Mutter, so setzte er dazu: Du bist meine Hirtin, mir wird nichts mangeln – eine milde Lästerung, die er sich nur am Familientisch erlaubte. Seinen Wählern war Vater christliche Grundsätze schuldig, doch von den »Flööchnern« redete er nur mit humoristischer Dehnung des Umlauts. Überhaupt liebte er es, Worte zu verdrehen und sich auch aus den frömmsten einen Jux zu machen, etwa dem traulichen Mondlied des Wandsbeker Boten: »So sind gar manche Sachen / Die wir getrost belachen / Und unsern kranken Nachbarn auch.« Er war ein Flöchner der neuen Art, der sich jetzt vor dem Verdacht der Geistesenge in Sicherheit brachte. Aber er hatte ihr nur seinen Spott voraus, und der war arm.

Am Ende von Vaters zweiter Legislaturperiode, im Wahlkampf für eine dritte, hat ihn der Schlag getroffen. Er ist durchaus nicht, wie ein respektvoller Nachruf zu melden wußte, »in den Stiefeln gestorben«, sondern in der Unterhose, bestenfalls; im Bett einer freiwilligen Wahlhelferin. Erst ein Jahr nach der Trauerfeier, und zufällig an eben dem Tag, als ich Maria den Abschiedsbrief schrieb, fühlte sich meine Mutter verpflichtet, mir die Todesart meines Vaters offenzulegen. Es war Frühling, wir saßen zum ersten Mal am Steintisch unter dem frisch grünenden Haselbusch, als sie sagte: weißt du, ich hatte nicht alles, was er brauchte. Und wir saßen uns in tiefer Verlegenheit gegenüber, und unsere Scham war fast mit Händen zu greifen.

Noch lange habe ich jeden Satz, in dem das Wort »brauchen« vorkam, nur als ordinäre Eindeutigkeit hören können. (»Nach dem Essen sollst du rauchen oder deine Frau gebrauchen.«) »Ich hatte nicht alles, was er brauchte.« Alles! Aber etwas hatte sie ja doch, und gebraucht mußte er es auch haben. Nur das Rechte war es nicht gewesen. Beide wußten wir, was Mutters Satz wirklich zu bedeuten hatte: ich hätte etwas anderes gebraucht als diesen Mann, du aber bist seine Frucht. Sie war fünfzig, als sie dieses Teilgeständnis ablegte. Zehn Jahre später sprang sie vom Dachstock des Millennium-Hotels.

Vielleicht gibt es die Krippenfiguren deiner Urgroßmutter noch, wenn du das liest. Dann sieh dir die Initialen auf Marias platter Sitzfläche an: sie lauten M. L. – die Witwe ist zu ihrem Mädchennamen Leemann zurückgekehrt, als sie, im letzten Herbst ihres Lebens, die Heilige Jungfrau modellierte. Josef war damals grade in Ägypten.

8

Magda lernte ich vor dem Uni-Ball 1963 kennen – das Leben unterscheidet sich auch darin von einem Schulaufsatz, daß es vor Wiederholung nicht zurückschreckt. Ich hatte keine Freundin mehr, immer noch wenig Geld und wohnte bei der Mutter – einstweilen wollte Tante Ida durchaus nichts hinterlassen, sondern aufopfernd gepflegt sein. Immerhin hatte ich den Konfirmandenanzug wie auch die Daseinsanalyse ausgewachsen. Schließlich war ich ein werdender Architekt, da gab man sich existentialistisch.

Diesmal war »Das verlorene Paradies« angesagt. Mein neuer Freund Oskar – er war das Genie der Mensa, darum teilte ich ihn mit aller Welt – widmete sich damals gerade der Architektur. Er war mit einer Silberschmiedin liiert und zog ihre Kunstklasse zur Dekorationsarbeit heran, die uns die nötigen Freikarten verschaffen sollte; dafür mußten die Paare erst gebildet werden. Mir hatte Oskar die rothaarige Isabelle zugedacht, die er als zündende Tänzerin schilderte. Sie war auf den ersten Blick eine »anerkannte Schönheit«, und so fand ich es nicht geraten, ihr näherzutreten.

Dafür begann mich Magda zu interessieren, wenn auch mit Vorsicht; ihr heikles, dabei bedächtiges Wesen gebot dies von selbst. Schön war sie wohl nicht, doch apart, und befand sich – wie Oskar versicherte – nicht in festen Händen. Mich aber hinderte nichts daran, mir ihre Besonderheiten als Vorzüge auszumalen: die hervortretenden graublauen Augen als Seelenblick; den immer etwas grämlichen Ausdruck ihrer Lippen im zu starken Kinn – Oskar erinnerte er an einen Karpfen – als verschwiegene Melancholie; ihre Fülligkeit als süße Erdenschwere. Daß sie als zimperlich galt, machte sie für mich delikat, und daß sie kaum sprach, ließ sie besinnlich aussehen. Sie bediente sich einer spitzen Mundart, die nicht einmal unter denen, die sie sprechen, viele Freunde hat. Von ihren Äußerungen bleibt mir ein gedehntes Aha? und ein fallendes Ach! im Ohr. Damit pflegte sie Zumutungen an ihre Geistesgegenwart zu beantworten. Eigentlich sagte sie gar nichts, forderte aber eben so zur Orakeldeutung heraus. Des Redens war ich selbst mächtig genug, um nicht leicht in Verlegenheit zu geraten. Zugleich erzeugte ich damit eine Hitze des Gefechts, die meine lästige Neigung zum Erröten erklärte.

Seit ich mir vorgenommen hatte, Magda als Partnerin für das Fest zu gewinnen, war meine Phantasie außer Rand und Band. Ihre Exzesse verschwieg ich sogar vor mir selbst und fürchtete eben darum, daß sie mir anzusehen waren, vor allem von Oskar, der mit seiner Lust an der Zuspitzung Magda als heilige Einfalt, verwöhnte Preziose oder gar als taube Weihnachtsnuß bezeichnete. Um so mehr rechnete ich mir eine Chance aus, bei dem verwunschenen Wesen zu landen, da ich mir als einziger viel, ja fast alles aus ihr zu machen verstand. Als reiche Tochter schien sie daran gewöhnt, daß man ihre Kostbarkeit würdigte und den von ihr zelebrierten Geschmack auf Händen trug.

Kannst du dir vorstellen, daß es einmal eine Jugend gab, für die alles, was mit dem Geschlecht zusammenhing, nach schauderhaftem Obligatorium roch? Einer Prüfung, vor der man in Furcht und Zittern lebte, weil sie noch weniger leicht zu bestehen war als diejenige der Heiligkeit? Du würdest dies wohl gar nicht »Jugend« nennen. Wir mußten altklug sein, jedenfalls so aussehen, um uns zu bewähren. Und doch: es war eine Jugend im überschwenglichen, ja phantastischen Sinn. Alle Dinge wurden neu, da wir uns selbst neu verfassen mußten. Das Rollkragenkostüm, in dem ich schwitzte, verkündete der Menschheit einen ewigen Frühling. Es war etwas noch Unerhörtes, was unsere unsportlichen Glieder dehnte und die gepreßte Brust erhob.

Ein Beispiel dafür war der Ernst, mit dem wir die Paarbildung behandelten, unseren Nachreden über das andere Geschlecht zum Trotz. Sie blieben subaltern, doch sie bebten von einem großen »Entwurf«. In der Tanzschule hatten wir gelernt, mit dem Frauenleib gemeinsame Schritte zu tun. Nur Männer mußten diese Schritte lernen, Frauen waren sie geschenkt, sie tanzten von Haus aus, durch eine Gnade der Natur. Der »Herr« mußte die »Dame« zwar führen, doch nur, um dem ihr eigenen Überschwang die Zügel schießen zu lassen. Darin bestand die männliche Partnerschaft bei einem Akt, der ein Modell der Erlösung war. Auch wenn der »Herr« nicht mehr im Konfirmandenanzug antrat: Schwarz trug er immer noch, und für die ersten Stunden blieb die Krawatte obligatorisch. Doch das Geschöpf in seinen Armen wollte es bunt treiben, und dafür mußte es gehalten sein. Flöchnerisch geredet, war der Tanz ein Gleichnis für die doppelte Natur des Menschen. Die Frau durfte sich ihr ungeteilt überlassen, aber nur, wenn der Mann zugleich über sich hinauswuchs. Tanz war eine Disziplin, in der jeder freie Platz zwischen zwei Körpern der strengsten Choreographie unterlag. Doch je länger das Fest dauerte, desto gebieterischer drängte sie auf den Augenblick der Wahrheit. Tod oder Leben: der Matador hob den Degen und stürzte sich auf den Punkt, an dem das Ungeheuer mit einem einzigen Stich zu erlegen war.

Doch ich greife vor und habe damit eben das getan, was sich bei Magda verbot.

Am Anfang schien das Paradies das passende Thema für unsere aus Entwerfern und Kunstwerkerinnen, Freigeistern und Feinseelen zusammengewürfelte Gesellschaft. Man war übereingekommen, den strafenden Engel, der die Rückkehr nach Eden vereitelt, in der Mehrzahl zu kreieren. Oskar nannte das Unternehmen »Gabriel Unlimited«. Und so waren die Männer mit dem Zuschneiden der überirdischen Körper und mit dem Modellieren der lachhaft kleinen Gipsköpfe beschäftigt, die geläufige Autoritäten karikierten. Die Frauen bastelten Heiligenscheine dazu, die mit Scherenschnitten verziert und elektrisch zu beleuchten waren. Aus Brettholz sägten wir Schwerter, versilberten sie und besteckten die geballten Fäustlinge der Engelschar damit, so daß die Spitzen, nach links und rechts gereckt, einen Verhau bildeten, bei dem kein Durchkommen war – es sei denn unten durch, schleichend und tief gebückt.

Und darauf hatte es Oskars Regie abgesehen. Denn die Schleppen der hoch hängenden Pappkolosse waren aus Putzfäden gefertigt, die, wie in einer Geisterbahn, jedem wie Spinnweb um Kopf und Schultern strichen, der sich von der himmlischen Heerschar nicht aufhalten ließ. Das hohle Innere jedes Engels bildete eine spitz zulaufende Tüte, deren Ende durch einen beleuchteten Deckel mit dem aufgemalten Auge Gottes verschlossen war. Hier ließ sich im Halbdunkel verweilen und dann auf der Gegenseite das Paradies gewinnen, das eine andere Arbeitsgruppe im Gauguinschen Stil ausgeführt und mit allen Verheißungen kolonialer Unschuld ausgestattet hatte, nicht ohne auf einem Transparent über der Pforte der klassischen Warnung zu gedenken: »Niemand wandelt ungestraft unter Palmen.« Auch dies nach Oskars Entwurf.

Magda und ich arbeiteten daran, die Flügel der wachthabenden Engel mit Hühnerfedern zu bekleben, die wir sackweise aus dem Schlachthof bezogen. Dann wurden sie auf Sieben in Farbbehälter getaucht, so daß sich auf jeder Schwinge das ganze Regenbogenspektrum applizieren ließ. Es war, in Tages- und am Ende auch Nachtarbeit, ein übernatürlicher Aufwand, dessen wir uns befleißigten. Dabei blieb ich mir der körperlichen Nähe Magdas überaus bewußt. Alle Fühler der Ahnung tasteten nach den Formen, die sich unter dem taubengrauen Hosenkleid abzeichneten. Ich wollte anstellig sein, doch die Federchen zitterten in meinen Fingern und blieben immer wieder daran kleben, während an Magdas Händen kaum eine Spur von Kleister haftete.

Bei der Arbeit hatte ich wenig genug über Magda in Erfahrung gebracht. Auch sie war Einzelkind, Tochter eines Zahnarztes, und aus ihrem Geschmack und Verhalten war leicht auf großbürgerliche Verhältnisse zu schließen. Nach den meinigen fragte sie nicht, und nach flüchtiger Enttäuschung entschloß ich mich, darüber nicht unglücklich zu sein. Was hätte die graue Ida in einer großen Liebe verloren gehabt? Ich hatte versucht, bei Isabelle, dem Geschöpf unbefangener Sinnlichkeit, etwas über Magdas Vorleben in Erfahrung zu bringen, in dem es offenbar nur Musik, vielleicht auch diesen und jenen Virtuosen gegeben hatte, für den sich straflos schwärmen ließ. Im übrigen warte Magda gewiß nicht mehr auf den ersten, aber der nächste müsse der Beste sein. Du wirst zu tun bekommen, Josef!

Das Federkleben, und damit Oskars Zeitplan, geriet in Verzug, denn Magda waren die Engelsflügel schon nach dem ersten Arbeitstag »zu bunt« geworden. Sie setzte Gelb und Rot ganz ab, dann auch Grün und sogar Blau immer mehr zurück. Am Ende kamen nur noch Lila- und Grautöne in Betracht, die unmöglich zu treffen waren. Allmählich begann sich in die Flügelproduktion die Strenge einer Silberschmiede, die Subtilität einer Miniaturenmalerei einzuschleichen, bei der ich Magda nicht folgen konnte, bis Oskar ein Machtwort sprach: jetzt hatten alle Flügel einheitlich »rosadunkel« zu werden. Magda biß sich auf die Lippen, blaß vor Trotz und Verlegenheit, und verließ den Arbeitsplatz. Dabei schien sie das Stil-Verbrechen immer noch weniger demjenigen zu verübeln, der es befohlen hatte, als mir, der es ausführen mußte und nun allein mit dem Geflügel weiterfuhrwerkte. Es war schon so weit, daß mir Mut und Lust zum Fest so gut wie vergangen waren, da trat Magda unversehens auf mich zu, küßte mich vor allen andern auf beide Wangen und sagte: Josef, du bist ein Lieber.

Sie begleitete mich zum Ball, oder ich sie – wer sich in wessen Begleitung befand, entschied sich mit dem ersten Schritt auf der Tanzfläche. So Oskar. Zuvor hatte er uns seine Geschichte über André Breton erzählt. Der saß neben Nadja (wer Nadja war, hatte man zu wissen) am Steuer eines Wagens, man fuhr in der Spitzengeschwindigkeit der Zwanzigerjahre schnurgerade auf einer Pappelchaussee, die in absehbarer Entfernung eine Kurve beschrieb. Plötzlich sagte Nadja: *Ferme tes yeux!*, und als er gehorchte, schob sie ihren Schuh auf den seinen und blockierte ihn auf dem niedergedrückten Gaspedal. So hatte die rasende Fahrt blind weiterzugehen – wie lange ging sie gut? André Breton preßte die Lider zusammen – drei Sekunden, vielleicht noch eine. Dann hielt er es nicht mehr aus und riß die Augen auf, um die Kurve sehend zu fahren. Er lebte, aber dies war der Todesaugenblick des Surrealismus!

Oskar aber redete noch immer mit geschlossenen Augen.

Merkwürdig, daß ich mich an diesen Ball weniger erinnere als an den ersten. Magdas Bewegungen hatten den gedehnten Eigensinn eines schlingernden Schiffes, Annäherungen blieben ungefähr und zufällig. Ich sehe uns vor unserer Engelschar stehen und sie, als Kunstwerk, von allen Seiten würdigen. Dazu lassen wir uns los; wir müssen demnach immerhin Hand in Hand gegangen sein. Auch wenn ein langsamer Blues näheren Körperkontakt erzwingt, gelingt es Magda, mich ihre Unnachgiebigkeit fühlen zu lassen. Nach Mitternacht gehen wir durch eine Passage zwischen zwei Tanzbühnen. Ich benütze das Halbdunkel zu einem Kuß, bei dem Magda beide Lippen verschließt; ihr Hals versteift sich. Wir stehen gerade vor einem Paar, das, halb liegend, ineinander vertieft ist. Die Frau ist Isabelle, sie lächelt uns zu, dann stöhnt sie weiter.

Oskars »Paradiesvögel« haben ein kleines Lokal namens »Die Raute« für unkomplizierte Zwischenverpflegungen entdeckt. Sie werden dort auch zur Nachfeier des Festes wieder zusammentreffen. Oskar wird wissen wollen, warum ich mich mit Magda in jenem dunklen Winkel nicht länger verdrückt habe; man habe es »East of Eden« noch sehr lustig gehabt. Ich verschweige, daß ich davon gar nichts bemerkt habe, weiß nun aber, warum Magda mich so entschieden weiterzog, um mir den Tarif unserer Freundschaft zu erklären. Prüde sei sie durchaus nicht, aber sehr scheu, das müsse ich wissen. Ihre Zurückhaltung richte sich nicht gegen mich persönlich: sie sei der unbedingten Konzentration auf ihre Arbeit geschuldet. Sinnlichkeit müsse für sie das Kostbarste bleiben, darum versage sie sich jeden flüchtigen oder gar verschwenderischen Gebrauch.

Immerhin galten wir jetzt als befreundet, auch wenn Magda von mir zwar als »einem« Freund sprach, dagegen von »meiner« Freundin nichts hören wollte. Das Wort kam für sie »zu früh«. Diese anhaltende Frühe lernte ich nun atmen wie eine Art Morgenluft, die mir Stimmungen zuwehte, eine feiner und schleierhafter als die andere. Dieses Elixier hielt mich munter über ein ganzes Jahr, in dem wir uns in der »Raute« regelmäßig mit den andern trafen und – nun ja – »miteinander gingen«, ein paarmal ins Theater, öfter in ein Konzert. Das klassische Musikrepertoire war Magda vertraut. Die Ausführenden kannte sie entweder schon oder zeigte sich begierig, sie kennenzulernen. In meiner Gesellschaft schien das nicht zu gelingen, und so wollte sie immer früh nach Hause. Ich wußte, daß sie Geige spielte, aber gehört habe ich sie nie; »vor den Menschen will ich mich nicht preisgeben«, sagte sie. »Ganz oder gar nicht«, anders dürfe man sich einer Kunst nicht widmen.

Wir sahen uns selten allein, doch die Regel unserer Freundschaft verlangte unverändert, daß wir uns »nicht so oft sahen«. Auch in fast homöopathischen Dosen schien das, was Magda mit mir erlebte, so stark sättigend zu sein, daß sie sich am liebsten noch weniger davon gegönnt hätte. Ich ging dazu über, ihr jeden Tag einen Brief zu schreiben, und wurde zum Troubadour ihrer Abwesenheit. Bei dieser Nahrung kam mein Hunger auf seine Kosten und zog immer neue Sehnsucht aus unserem verschwindenden Verkehr.

Ob du, wenn du dies liest, noch wissen wirst oder willst, wovon ich rede?

9

Die Zeit meines Studiums verging mit einer Intensität, die sich an jedem frischen Tag erneuerte, aber auch mit jedem gelesenen Buch, jedem Besuch bei Bergman, Godard und Pasolini. Die beiläufigste Zeitungsnotiz ließ sich auf unsere »Freundschaft« beziehen. Nie wieder habe ich die Jahreszeit eingesogen wie damals, wenn ich sie, auf dem Fahrrad zur Hochschule unterwegs, gegen mein fast immer hitziges Gesicht wehen ließ und so tief in die Lungen zog, daß mir das bloße Dasein den Atem verschlug. Dabei brauchte ich nicht zu wissen, ob ich grundlos glücklich oder grenzenlos unglücklich war. Als Student lernte ich nach Gründen und Ursachen fragen, als Schüler Magdas aber hatte ich von einem Tag zum nächsten weder das eine noch das andere nötig. Und so tief ich meine Lage zu empfinden glaubte: die Lagen änderten sich zuverlässig, und die nächste war nicht weniger tief. Daß ich zugleich ganz und gar und doch auch wieder gar nicht »lebte«, war kein Widerspruch.

Ich war noch nicht bei mir selbst, das sollte mir nicht weh tun. Denn das Selbst – am Morgen von Sartre ausgeliehen, am Abend von Kierkegaard – wollte gar nicht zu sich kommen; es blieb ein großer Entwurf. An ihm zeichnete ich in den Stunden, die jetzt auch offiziell den Namen »Entwerfen« trugen. Mein Projekt war eine Reihe von Herbergen am sogenannten Jakobsweg, der Pilgerstraße, die aus allen Himmelsrichtungen nach Santiago de Compostela führte und bei frommen Menschen seit dem Mittelalter die ungangbar gewordene Fahrt ins Heilige Land zu vertreten hatte. Auch ich brauchte nicht leibhaftig nach Spanien zu fahren. Das Hauptstück und Wahrzeichen der Pilger-Architektur, für die ich Stationen mit sprechenden Namen wählte, war ein durchsichtiges Dach in der Form eines Prismas mit drei Kanten. Seine Form, einem Schmuckstück Magdas nachempfunden, sollte, wie ein im Sturz kristallisierter Weihnachtsstern, den Pilgern auch an Orten wie Trübbach, Starrkirch oder Wohlentbehren anzeigen, sie seien auf dem rechten Weg. Das Dach war als Triangulation des Zirkels, aber auch als Brennglas für Sonnenstrahlen gedacht, die sich darin zu gesteigertem Leben brachen. Es sollte zugleich Schutz bieten vor dem Wetter und einen Durchblick zum Himmel eröffnen. Diese beweglichen Heimaten montierte ich in die auf »Weltformat« vergrößerten Prospekte einheimischer Landschaften. Ich besetzte diese mit Stützpunkten für meine Pilgerkultur und zeichnete sie um in ein Heiliges Land.

So steckte ich das Fähnchen meiner vergrößerten Person über alle Grenzen der eigenen Erfahrung hinaus. Bei jedem der seltenen Spaziergänge mit Magda gab es ein kleines Richtfest zu feiern. Sie ließ sich die Pilgerstätten in einer Sprache erläutern, die, gewählt und empfindsam, das Geheimnis unserer Beziehung beschwor. Sie erschöpfte sich nicht so leicht, denn über Geschmack, Stimmigkeit und gehörigen Abstand war mit Magda zu reden, es waren die Kennworte ihrer eigenen Arbeit, die Oskar lieblos »reine Sterilität« nannte. Nein doch, wir verschrieben uns einer hohen Schule des Gefühls.

Kein Tag ohne ein Blatt an Magda – um es ihr zuzustecken, ging ich zum Mittagstisch in die »Raute«, doch mußte ausgemacht bleiben, daß ich nicht damit rechnen durfte, sie dort zu treffen. Die »Raute« war eine der verschwindenden Stadtteilkneipen in der Ecke eines mit Platanen besetzten, damals noch fast autofreien Platzes, wo das Hochschulviertel mit demjenigen kleiner Gewerbetreibender zusammenstieß. In diesem wohnten viele Studierende zur Miete, und die »Raute« bot einen anspruchslosen, doch herzhaften Mittagstisch.

Der innere Kreis bestand aus den Gestaltern des Verlorenen Paradieses, die »Alten Orte« genannt, und erweiterte sich allmählich durch »Zugewandte« auf rund zwölf Personen, für die Oskar den Namen »Apostel« fand. Ohne »Schwestern im Herrn« wollte er es aber nicht tun und führte, seit er zur Filmwissenschaft gewechselt hatte, seine spektakulären, doch selten dauerhaften Bräute mit dem weiblichen Kern der Kunsthochschule zusammen. Isabelle illustrierte, jeden Tag unnachahmlich, das Modefach mit neuen Kreationen am eigenen Leib. Magda erschien mit einer zweiten Silberschmiedin, einer herben Bergbauerntochter, die als künstlerisches Urgestein zelebriert wurde. Den Übernamen »Punkt« verdankte sie einem Sprichwort, das, übertriebenen Beifall anzeigend, jede Diskussion zu beenden bestimmt war; das gelang nie lange. Dafür sorgte die philologisch-historische Fraktion aus der Provinz, durchweg Brillenträger, die mit hohen Stimmen ihrer immer etwas maliziösen Lebensfreude Ausdruck gaben. Sie waren an der Universität so weit gediehen, daß sie als Hilfslehrer am Gymnasium oder als Journalisten ihr Studium finanzieren, verlängern und gegebenenfalls auch straflos abbrechen konnten.

Von ihren regelmäßigen Einkünften profitierte ein einstweilen vielversprechender Bildhauer. Er verschlang riesige Portionen von Pommes frites und panierten, »schottisch« genannten Eiern, die seiner hageren Gestalt im hellgrünen, »Kettenhemd« genannten Pullover nicht im geringsten anschlugen, und galt als speziell sinnlich. Dagegen mußte man den Cellisten, der zur Gesellschaft gestoßen war, mehr als vollschlank nennen, obwohl man ihn kaum je richtig essen sah. Er war sowohl seh- wie gehbehindert, ließ es aber nie an subtilen Kommentaren fehlen. Regelmäßig zeigte sich auch eine knabenhafte Jurastudentin mit abgefressenem Haar und reichen Eltern, die eine Harley-Davidson fuhr und Comics zeichnete. Und zuverlässig erschien Christoph, ein wortarmer Kommilitone aus meinen religionswissenschaftlichen Anfängen, welcher ins Medizinfach gewechselt hatte und Armenarzt werden wollte. Leicht zu übersehen war ein Friseur mit magnetischen Händen, der sich durch den Anschluß an eine spirituelle Gemeinschaft zu Höherem berufen wußte und überall, wo er glaubte nicht mitreden zu können, in schwersinniges Nicken verfiel.

So war die Runde Tag für Tag mit der Neuordnung der Welt beschäftigt; und ob sich diese auch außerhalb der »Raute« regieren ließ, war vielleicht die einzige Frage, die man dort nicht hätte stellen dürfen. Zu Magdas Launen gehörte es – oder hatte sie schon eine Regel daraus gemacht? –, daß wir unser besonderes Verhältnis so behandelten, als existierte es gar nicht. Nie mehr hielten wir uns an der Hand und haben auch nie gemeinsam die »Raute« betreten oder verlassen. Auch auf meine Briefe erhielt ich nie eine Antwort, die mehr als eine Quittung gewesen wäre. Es war natürlich Oskar, der mir keineswegs nur unter vier Augen sagte: Josef, ich habe keine Worte, wie sie dich ignoriert. Was läßt du dir von der Zimperliese bieten? Wann nimmst du sie richtig dran?

»Für den entschlossenen Blick ist so gut wie alles entbehrlich, für den melancholischen so gut wie nichts.«

Adolf Muschg

Suhrkamp Verlag

Das gefangene Lächeln

»Kannst du dir vorstellen, daß ich nie einen Menschen geliebt habe?« Sein eigener Schrei ist es, der Josef, bis vor kurzem Herr einer Hotelkette, überrascht: Sein Enkel John stellt die Krippenfiguren im Spiel anders auf, als es die Weihnachtserzählung vorschreibt – und aus der Heiligen Familie wird eine Szene intimer Gewalt. Das Erschrecken darüber deckt eine Geschichte auf, die nicht vergangen ist. Hat Josef vor bald fünfzig Jahren die Frau, die er zu lieben glaubte, umgebracht?

Diese Geschichte kann er keinem Sechsjährigen erzählen. Also schreibt er dem Enkel einen langen Brief, den dieser in zwanzig Jahren einmal erhalten soll. Dann wird er lesen können, wie Josef auf sein Leben zurückblickt – nicht mit Stolz und Gefühlen des Glücks. Aufgewachsen in einem Klima von falscher Moral und Kälte, flüchtet er aus dem Elternhaus, um sich in der eigenen Generation eine neue Familie zu suchen. Was ihm in den Milieus der fünfziger und sechziger Jahre zustößt, mündet in jene schreckliche Tat, die Josef aus der Bahn wirft. Er flieht in die Ferne, bis nach Ägypten. Und dort begegnet ihm eine Frau, die sein Scheitern unverhofft beendet.

Adolf Muschg ist ein wunderbares Porträt eines Mannes gelungen, der sich von den großen Idealen, aber auch Nöten seiner Nächsten umstellt sieht und der, weil er das Zeug zum Revolutionär nicht hat, einen langen Weg der Befreiung gehen muß. Und das Lächeln, das Josef von seinem Vater geerbt hat? Es bleibt nicht gefangen. Dem Leser – der Leserin vielleicht noch eher – kann es in jedem Satz dieses Textes aufgehen: in dem, was er festhält, und in dem, was er offenläßt.

Leib und Leben
Erzählungen
214 Seiten. Leinen
€ 18,80 (D) / sFr. 32.80
Bibliothek Suhrkamp 880
€ 11,80 (D) / sFr. 20.90
suhrkamp taschenbuch 2153
€ 7,– (D) / sFr. 12.50

Das Licht und der Schlüssel
Erziehungsroman eines Vampirs
519 Seiten. Leinen
€ 24,80 (D) / sFr. 42.70
suhrkamp taschenbuch 2829
€ 12,50 (D) / sFr. 22.10

Liebesgeschichten
suhrkamp taschenbuch 164
171 Seiten
€ 7,– (D) / sFr. 12.50
Bibliothek Suhrkamp 727
153 Seiten
€ 10,80 (D) / sFr. 19.10

Literatur als Therapie?
Ein Exkurs über
das Heilsame und
das Unheilbare
edition suhrkamp 1065
204 Seiten
€ 9,50 (D) / sFr. 16.90

Mitgespielt
Roman
suhrkamp taschenbuch 1083
319 Seiten
€ 8,50 (D) / sFr. 15.20

Noch ein Wunsch
Erzählung
141 Seiten. Leinen
€ 14,80 (D) / sFr. 26.–
Bibliothek Suhrkamp 1127
€ 10,80 (D) / sFr. 19.10
suhrkamp taschenbuch 735
€ 5,50 (D) / sFr. 9.80

»Adolf Muschg ist ein Kenner der japanischen Men

Hubert Winkels, Tages-Anzeiger

Nur ausziehen wollte sie sich nicht
Ein erster Satz und seine Fortsetzung
72 Seiten. Bütten-Broschur
€ 10,80 (D) / sFr. 19.10

O mein Heimatland!
150 Versuche mit dem berühmten Schweizer Echo
349 Seiten. Leinen
€ 22,80 (D) / sFr. 39.40

»Eine Prosa wie schwere Seide, weich und in tiefglühenden Farben.«

Andreas Isenschmid, Basler Zeitung

rofunder
ität …«

Sutters Glück
Roman. 336 Seiten. Leinen
€ 20,80 (D) / sFr. 36.10
suhrkamp taschenbuch 3442
225 Seiten
ca. € 9,– (D) / sFr. 16.10
(Januar 2003)

Der Rote Ritter
Eine Geschichte von
Parzivâl
1006 Seiten. Leinen
€ 29,80 (D) / sFr. 51.–
suhrkamp taschenbuch 2581
1089 Seiten
€ 16,50 (D) / sFr. 28.90
suhrkamp taschenbuch 3420
(Romane des Jahrhunderts)
ca. € 18,– (D) / sFr. 31.40
(Oktober 2002)

Die Schweiz am Ende.
Am Ende die Schweiz
Erinnerungen an
mein Land vor 1991
213 Seiten. Kartoniert
€ 10,80 (D) / sFr. 19.10

… ein kunstvolles, ein
hochherziges, ein schönes Buch.«

Gabriele Killert, Die Zeit, über *Sutters Glück*

Der Turmhahn
und andere
Liebesgeschichten
216 Seiten. Leinen
€ 17,80 (D) / sFr. 31.10
suhrkamp taschenbuch 1630
€ 8,50 (D) / sFr. 15.20

Wenn Auschwitz in der Schweiz liegt
Fünf Reden eines
Schweizers an seine und
keine Nation
edition suhrkamp 2045
60 Seiten
€ 6,50 (D) / sFr. 11.70

Über Adolf Muschg

Adolf Muschg
Herausgegeben von
Manfred Dierks
suhrkamp taschenbuch 2086
425 Seiten
€ 10,– (D) / sFr. 17.80

Suhrkamp Verlag, Postfach 101945, 60019 Frankfurt am Main. www.suhrkamp.de
Alle Rechte vorbehalten. Von Importeuren im Ausland festgelegte Euro-Preise können abweichen. Preisänderungen und Lieferbarkeit vorbehalten.

(90581) 6/2002

10

Als sich Manuel an unseren Stammtisch setzte, veränderte sich die Atmosphäre mit einem – lautlosen – Schlag. Selbst Oskar war kaum noch zu hören. Der Vorsitz der Runde wurde vakant, plötzlich fühlten wir uns befangen. Zugleich schlich sich in die Pausen der Unterhaltung etwas wie Feierlichkeit. Oskar hatte Manuel in Oberhausen »entdeckt« und bei uns eingeführt. Er hatte keinen festen Wohnsitz, scheinbar auch keinen Beruf, doch nun war er in unserer Mitte. Wir redeten leiser, mit mehr Bedacht in Manuels Schweigen hinein, das er selten mit einer Nachfrage unterbrach. Dann aber war es die treffendste und ließ jede Antwort dürftig aussehen.

Als mein Kurs die obligate Exkursion in die Franche-Comté machte – zur Léger-Kirche in Audincourt, zur Corbusier-Kapelle in Ronchamp, die unser Professor eifersüchtig »Wildkirchli« nannte –, brachte ich Magda einen Strauß weißer Lilien mit, die ich an einem Straßenstand gekauft hatte. Sie waren das nächste zur Kalla, ihrer Lieblingsblume, und verschafften mir Zutritt zu ihrem Dachzimmer, in dem sie gewöhnlich keinen Gast duldete.

Sie wußte Neues von Manuel. Der Mann mit dem Tatarenbart, vielleicht zehn Jahre älter als wir, war unverhofft in ihrem Kurs aufgetaucht. Er hatte dort nichts zu suchen – mit diesem Satz hatte er sich eingeführt. Der Lehrer habe augurenhaft dazu gelächelt. Manuel war als Philosophiestudent zum Kriegsdienst eingezogen worden. An der Ostfront hatte er gelernt, nicht mehr zu suchen. Er beschränkte sich auf das Finden. Daraus hatte er seinen Beruf gemacht. Es ist alles schon da, habe er ganz leicht hingesprochen, als er an Magdas Tisch vorbeiging. Ihre Arbeit schien er nicht zu meinen, und dennoch war ihr plötzlich warm geworden.

Dieser Wärmeschauer begleitete Magda immer noch. Manuel suchte nicht, nicht im Klassenzimmer, ebensowenig in der Kantine, in der man nach der Stunde zusammengesessen hatte. Auch hier hatte er nicht das geringste verloren. War das etwa nicht wunderbar? Er war da – und das reichte vollkommen. Ganz in Schwarz trat er auf, trug eine Weste aus gelbem Antilopenleder und eine Feder im Haar. Wie ein Indianer? Nein, die Feder schimmerte hinter seinem Ohr, in das ein kleiner Silberring eingelassen war. Eine Feder vom Häher, lichtbraun, schwarzweiß gesprenkelt mit einer Spur von Blau. Blau hatte Magda an diesem Tag selbst getragen, und seither sah sie keine andere Farbe mehr. »Weniger ist mehr« – der ganze Sinn dieser Worte war ihr aufgegangen, und dazu hatte ein kleiner Stoß genügt.

Manuel rauchte nicht. Er brauchte, so Magda, so wenig zu rauchen wie zu reden oder zu suchen. Er brauchte auch nicht auf etwas zu verzichten – bei ihm geschah alles einfach so. Wovon er lebe? Darum hatte sich Magda nicht gekümmert. Er lebt ohne Sorge, sagte sie. Und bald stellte sich heraus: er lebte davon, daß er schwieg.

Dies war keine Redensart. Auch Oskar war in Oberhausen zuerst gegen Manuels Schweigen gelaufen, und auch ihn hatte es geweckt. Manuel wurde in Gesprächsrunden, Seminare, selbst Kongreßsäle zu diesem Schweigen eingeladen, das jedes Gespräch veränderte. Nicht etwa zum Erliegen brachte, sondern wesentlich machte, wie der tiefsinnige Coiffeur fand. Wie lange hatte er auf den Tag gewartet, an dem auch sein Schweigen so viel zu bedeuten hatte! Erübrigte sich das Reden ganz, begann auch der Bildhauer im Kettenhemd aufzublühen. Man fühle sich produktiv, wenn

Manuel schweige. Harmonisch, im Gleichgewicht, aber auch ein wenig *high*, ergänzten die Philologen. Die Juristin sah ihre Fälle plötzlich von einer ganz neuen Seite, wenn Manuel geschwiegen hatte. Der künftige Armenarzt vermutete, als Homöopath, eine hohe potenzierende Wirkung. Manuel hatte keine Antworten. Auf merkwürdige Weise war er die Antwort. Und die Frage dazu stellte sich erst hinterher. Um so nachhaltiger konnte sie einen beschäftigen.

Daß Manuel auch Magdas Lebensgrundsätze neu geweiht hatte, war an der Art zu bemerken, wie sie meine Lilien behandelte. Nicht suchend, sondern vom nahen Finden erhöht, rückte sie das Bukett bald da-, bald dorthin und mußte es am Ende bei einer einzigen Blüte bewenden lassen. Sie stellte sie in schwarzer Vase auf ein ungehobeltes Brett, das sie von ihren wenigen Büchern geräumt hatte; »Der große Meaulnes«, »Der Hasenroman« und »Der Fänger im Roggen« waren ihr heilig. Nun aber herrschte die größtmögliche Leere hinter ihrem Bett, und weiß blühte die Lilie vor der weißen Wand.

Als ich Magda zum Abschied umarmen wollte, fragte sie: würde es dir etwas ausmachen, den Strauß wieder mitzunehmen? So brachte ich die übrigen Lilien meiner Mutter, die sie auf dem Flügel einstellte, Weiß auf poliertem Schwarz. Aber es war unübersehbar: so richtig wie die eine und einzige, die dem Bukett fehlte, standen sie dort nicht.

Was sie tat, hatte Magda schon bisher mit größter Achtsamkeit getan; diese verdoppelte sie nun auch in allem, was sie unterließ. Zu meinem Erstaunen hatte Magda über Ach und Aha hinaus eine geläufige Sprache gefunden. Man konnte sie, wenn sie ihre Unterlassungen feierte, geradezu redselig nennen und sogar »penetrant« finden. Das war Isabelles Urteil, am Mittagstisch laut verkündet und mit einem starken Abgang besiegelt: Magdas Schulmeistereien seien nicht mehr auszuhalten. Die Filmstudentinnen Oskars waren schon länger verschwunden, und als nächste meldete sich die Juristin ab. Von der weiblichen Paradies-Besetzung verweilte bald nur noch »Punkt« in unserem Kreis, und nach einer Magenverstimmung – Magda nannte sie »unnötig« – ließ uns auch die einst hochgepriesene Wildheuerin im Stich.

Magda aber blieb, und von da an war sie es, welche die Themen bestimmte und das Schweigen, das dazugehörte. Selbst Oskar betrachtete sie fasziniert. Magda arbeitete an einem empfindlichen Schmuckstück, bei dem immer mehr wegzulassen war. Und diesem Weglassen gab es immer noch etwas beizufügen. Mit Manuel, der verreist war, befand sie sich in einem um Raum und Zeit unbekümmerten – und, wie sich verstand, stillschweigenden – Einvernehmen. Allmählich bot die Runde das Bild eines kleinen Hofes, in dem ein Dutzend ergeben lächelnder Ritter um eine Dame versammelt waren, um das Neueste von ihren Ersparnissen zu vernehmen.

Ich gestand mir, daß auch ich die »Raute« im stillen leid geworden war, und zog mich hinter mein Projekt zurück, über das ich unaufdringlich, doch nicht ohne Bitterkeit mitgeschwiegen hatte, denn am Stammtisch interessierte sich niemand dafür, Oskar manchmal ausgenommen. Doch ich hatte nicht den Eindruck, daß er mich auf den »Jakobsweg« ansprach, weil er ihm wohlwollte. Er nenne ihn »den Höhenweg der Selbstbefriedigung«, wie mir »Punkt« hinterbrachte, und sich selbst betrachte er inzwischen als »Dialektiker der Jungfräulichkeit«. Was immer das heißen sollte: unverdrossen und ohne Aufsehen händigte ich

Magda, wann immer möglich, meinen Brief aus, doch ohne mich in der »Raute« zu verweilen. Ich schützte meinerseits Konzentration auf die Arbeit vor, die mir kein Mittagessen erlaube, und radelte, Wut und Traurigkeit im Leib, zur Hochschule weiter, wo ich mir am Kiosk ein Brötchen kaufte und am Zeichentisch aß. Arbeiten konnte ich dann oft viele Stunden nicht und vertrieb mir die Zeit mit einem Kriminalroman.

Du mußt es erleben, sagte sie, als ich ihr eines Morgens unverhofft in der Nähe meines Elternhauses begegnete – sie habe mich zu Hause nicht angetroffen, behauptete sie. Zwar wohnte ich wirklich nicht mehr da und glaubte ihr doch kein Wort. Erst viel später habe ich erfahren, daß sie, in der Tat, meine Mutter besucht hat. Ich müsse meiner Mutter ja alles nur mögliche von ihr erzählt haben, erklärte Magda vorwurfsvoll, als ich das Rad neben ihr herstieß. Das bestritt ich aufs heftigste, was Magda nicht gelten ließ, doch sollte es für diesmal bei einer Rüge bleiben, denn sie hatte mir etwas Wichtigeres zu eröffnen:

Manuel war wieder in der Stadt, um vier öffentliche Vorträge zu halten. Drei davon hatte ich bereits versäumt. Nun bestand Magda darauf, daß ich den letzten mit ihr zusammen besuche; das war schon sehr ungewöhnlich. Auf dem Handzettel aber, den sie mir beim Abschied reichte, stand eine Sensation: MANUEL SPRICHT.

Wir saßen im Hinterzimmer des »Silbernen Sterns«, eines Treffpunkts der damals jungen Kunst. Magda unterließ durchaus, mich den Leuten vorzustellen, die sie freudig-wortreich begrüßte. Mir schien, als schäme sie sich meiner und führe mir zugleich vor, wie Menschen geschaffen sein mußten, mit denen sie eine wirkliche Beziehung unterhalten konnte. Bei solchen konnte sie sogar herzlich lachen, während sie mir einmal um so ernsthafter vorgehalten hatte: Josef, du bist immer zu ernst!

Ohne die Bühne zu benützen, saß Manuel vor etwa hundert Leuten auf einem Stuhl. Er nahm sich Zeit, in jedes einzelne Gesicht zu blicken. Mich betrachtete er lange und nickte kaum merklich; ich nickte ebenso zurück. Schließlich bat er, nicht zu rauchen. Er begründete die Bitte nicht, sprach auch nicht von »Verzicht« oder gar von »Opfer«. Wohl aber sprach er darüber, warum er von alledem nicht rede.

Das war der Vortrag – oder wurde dazu. Zwischendurch kam das Personal und nahm Bestellungen auf. Dann verstummte Manuel. Er schwieg keineswegs demonstrativ. Er saß da wie ein Zuhörer aus der ersten Reihe, der seinen Stuhl ohne weitere Begründung dem Publikum zugewendet hat. Man bestellte gedämpft, kaum getraute man sich zu trinken oder gar zu kauen.

Dabei lag es nur an uns, wenn wir zu stören glaubten. Magda, zum Beispiel, wußte, daß sie Manuel nicht stören konnte, und wandte kein Auge von ihm. Ihn störte in der Welt nichts mehr. Doch indem er keine Miene verzog, mit keiner Wimper zuckte, baute er, wie ich von Magda gehört hatte, ein »Feld« auf. In die Leere seines Nichthandelns ließ er Bewußtsein nachfließen oder einwachsen, und Fortgeschrittene konnten das Feld, wenn sie die Augen schlossen, grünen sehen, später auch blühen.

So hielten manche die Augen geschlossen; Magda hatte das nicht mehr nötig. Was immer sie sah, sie sah es auch so. Je kleiner eine Bewegung, desto feiner, des Augen- und Ohrenmerks würdiger. Man muß sie nur zulassen – dann kann sogar das Personal, das kassieren will, nicht mehr stören. Was ist, darf sein.

Je länger das Feld in Magdas weit offenen Augen blühte,

desto entspannter wurde ihr Gesicht und gab Zeichen beneidenswerter Hingabe zu erkennen. Ihr Mund stand etwas offen – auch dies durfte sein. Die Kniffe um den Mundwinkel hatten sich geglättet. Sie atmete kürzer, und ihre Augen beschlugen sich. Sie sahen nichts Bestimmtes mehr.

Als ich auf die Uhr blickte, waren fast zwei Stunden vergangen. Manuel stand auf und streckte sich. Er war ein sehniger Mann, konnte ein Gärtner sein oder ein Matrose – oder ein Turnlehrer, wie »Punkt« geschnödet hatte, die von Manuels Schweigen nicht ergriffen wurde. Den Ring in seinem Ohr hatte ich gleich gesehen. Doch das Häherfederchen dahinter war so klein, daß es mir erst am Ende des Schweigens auffiel.

Laßt euch noch eine Geschichte erzählen, sagte Manuel.

Er sei mit 18, kaum ausgebildet, als einer der letzten deutschen Piloten aufgestiegen, über dem Schwarzen Meer abgeschossen worden und am Fallschirm im Wasser gelandet. »Im Wasser gelandet«! Manuel lächelte, als ihm der Widerspruch auffiel, dann wiederholte er die Wendung und lauschte ihr nach.

Nachdem er eine nicht enden wollende Zeit – er lächelte wieder und sagte: ich war es, der nicht enden wollte! – im eisigen Wasser getrieben hatte, griff ihn ein sowjetischer Minensucher auf. Die Mannschaft erkannte ihn als Feind und wollte ihn ins Wasser zurückwerfen. Da kam ihm eine Melodie auf die Zunge, die er zu singen anfing, mit blauen Lippen und klappernden Zähnen. Auf einmal weinte der sowjetische Maat und schloß ihn in die Arme. Die Familie des Maats war von der Waffen-SS ausgelöscht worden. Jetzt gab er ihm das Bett in seiner Kombüse, deckte ihn zu und flößte ihm heißem Grog ein.

So ist das mit Feinden, sagte Manuel und schwieg.

Wenn das möglich ist, sagte er dann – was nicht?

Das allgemeine Schweigen blieb tief betreten und getraute sich noch nicht, glücklich zu werden. Ausnahmsweise half Manuel nach.

Wenn ihr brav seid, sagte er, singe ich das Lied für euch. Das nächste Mal.

Er lächelte; wir lächelten. Erst die reine Gegenwartsform; dann eine kurze Geschichte lang tiefe schreckliche Vergangenheit. Und jetzt ein kleiner Spaß für die Zukunft. Wenn ihr brav seid! Gerade davor mußten wir uns natürlich hüten. Darum lächelten wir schon verwegener. Und fühlten: es gab kein nächstes Mal. Was jetzt nicht ist, wird nie. *Unser* Lied mußte es sein, was uns auf die Lippen trat, und dafür brauchten sie nicht einmal blau zu werden.

Manuel erhob sich und ging in unsere Richtung, so entschieden, daß er Leute, die ebenfalls aufgestanden waren, einfach wegschob. Er griff sich einen freien Stuhl und schwenkte ihn in den Raum zwischen Magdas und meinen Stühlen, den wir dienstfertig erweiterten. Magda grüßte er gar nicht und mich beiläufig wie einen, den man alle Tage sieht. Dann zog er eine Silberdose aus der gelben Westentasche, schüttete ein Häufchen des Inhalts auf seinen Handrücken und begann zu schnupfen.

Ich hatte noch nie jemanden schnupfen sehen, dennoch war mir auf der Stelle klar: so schnupft nur einer, der, vollkommen bei sich, in jedem Augenblick leben und sterben kann. Nachdem er seinen Handrücken abgeschnüffelt, die letzte Krume abgeweidet hatte, bäumte er sich auf und begann geräuschvoll ein Geschäft des Einatmens, bei dem ich, wollte ich die Augen nicht abwenden, in zwei behaarte Nasenlöcher blicken mußte. Während sich die Nasenflügel krausten, zogen sich die Schleimhäute zusammen, der

Kopf schleuderte nach hinten, und die Brust pumpte sich mit immer kürzer werdenden Atemzügen so gewaltsam auf, daß sie zugleich die Arme vom Körper hob, wie die eines Dirigenten.

Der Mund zog sich ins Wangenfleisch zurück, Manuels Gesicht schien ein so starkes Vakuum zu erzeugen, daß es sich nach innen wölbte und auch das Ächzen, das dabei zu hören war, hohl klingen ließ und eine Art Stimmumkehr erzwang. Als Manuels Kopf bis zum Atemstillstand leergepumpt schien, tastete seine Hand zu mir herüber und schob mich zart zur Seite, um mich vor der nahen Explosion zu schützen.

Und sie kam, lauter und monströser als jeder Schrei. Manuel nieste nicht, er ließ sich bersten. Die Eruption war so heftig, daß sie den ganzen Mann, dem Nässe aus Mund und Nase sprühte, wie bei einem Auffahrunfall zuerst hoch und dann nach vorne schleuderte, so weit, daß er mit dem Kopf in Magdas Schoß zu liegen kam. Und da blieb er liegen.

Aber es war nicht die schamlose Hingabe an den Akt, die mich sprachlos machte. Manuel hatte, während er stürzte wie ein Baum, meinen Oberarm in der Hand behalten, und sein Griff war immer gleich locker und mühelos geblieben. Er hatte meinen Arm angefaßt wie der Akrobat ein Geländer, das er nicht nötig hat.

Ich sehe seinen Kopf in Magdas Schoß liegen. Sie befestigt das Häherfederchen hinter seinem Ohr. Dabei haben Manuels Schultern, Hals und Kopf heftig zu zittern begonnen.

Als er sich aufrichtete – er zog sich an meinem Arm hoch und faßte ihn nun doch herzhaft an –, liefen ihm die Tränen über das Gesicht, so hatte er gelacht – zum Steinerweichen.

Der Saal war inzwischen fast leer.

Ich möchte dich wiedersehen, sagte er immer noch schluchzend zu mir.

Er nannte eine Reihe deutscher Städte, in die er reisen müsse. In vierzehn Tagen sei er zurück.

Kann ich bei euch schlafen?

Sollte ausgerechnet er nicht wissen, daß Magda und ich nicht zusammenlebten?

Dann komme ich zu dir, sagte er und sah mich an.

Ich habe nur ein miserables Atelier, erwiderte ich erschrocken.

Laß mir den Schlüssel, sagte er, ich störe nicht.

11

Tatsache war, daß mir Oskar, der sich über Nacht entschlossen hatte, in Berlin Schauspielunterricht zu nehmen, seinen Arbeitsraum abgetreten hatte, eine aufgelassene Schlosserwerkstatt, die ihm als schöpferischer Raum diente. Darin gab es eine Schlaf- und eine Küchennische. Auch hatte der Bastler eine Dunkelkammer und im Vorraum eine Dusche installiert, während man für die Benützung des WC einen Hof überqueren und bei schlechtem Wetter in die bereitstehenden Stiefel schlüpfen mußte. In der kalten Jahreszeit, die eben angebrochen war, tat der Kanonenofen Dienst. Schon beim ersten Versuch, ihn mit brennbaren Trümmern von Oskars Projekten zu beheizen, hatte ich das Atelier in eine Rauchkammer verwandelt. Doch war der wüste Raum mein erster Auslauf aus dem Elternhaus, und ich forderte mir ab, ihn zu erobern und wohnlich zu machen.

»Du darfst mir nicht unentbehrlich werden« – es war meine Mutter selbst, die mich aus dem Elternhaus gescheucht hatte, obwohl sie es jetzt allein bewohnte. Tante Ida hatte endlich das Zeitliche gesegnet, nachdem sie gedroht hatte, unveränderlich immer weiter zu grauen. Was den erwarteten Segen betraf, so wäre er in der Tat namhaft gewesen, doch nun zeigte sich, daß die Tante den größten Teil einem armenischen Hilfswerk zugedacht hatte. Es besaß seinen Sitz in Jerusalem, und etwas müsse an der Heiligen Stadt doch christlich bleiben, verfügte sie in ihrem Testament, das ausdrücklich erklärte, niemandem etwas schuldig zu sein. Nicht wenig Geld hatte Tante Ida auch zum Kauf eines privaten Grabes bestimmt, an genau beschriebenem Platz, für den sie erst eine kleine Anzahlung geleistet hatte. Der Zweck, die auf das Pflichtteil gesetzte »Alleinerbin« zu schikanieren, war offensichtlich, doch blieb meiner Mutter immer noch genug, ihre Rente zu verbessern, sich eine Haushilfe zu leisten und mein Monatsgeld zu erhöhen. Im Elternhaus würde ich es ja nicht viel länger verzehren wollen.

Nur ein einziges Mal hat sie mich in meinem »Atelier« besucht und war, als sie seinen Zustand sah, nicht hartherzig genug, mich dazu zu beglückwünschen. Immerhin lobte sie meinen »Abenteuersinn«. Das Wort wirkte fremd in ihrem Mund, und sie hatte es wohl gebraucht, um sich selbst Mut zu machen. Denn sie hatte von einer Schulfreundin, die in Sizilien lebte und frisch verwitwet war, eine Einladung bekommen, den Winter auf deren Landgut bei Taormina zu verbringen. Mutter war entschlossen zu fahren. Sizilien sei schon fast Griechenland, das sie wohl nie mehr erleben werde. Zu Hause sehe die neue Hilfe nach dem Rechten, die sie auch weiterhin bezahle. Sie übergebe mir immerhin einen Schlüssel für den

Fall, daß ich mich »wieder einmal ordentlich aufwärmen« müsse.

Das hörte sich beinahe anzüglich an, wenn man diese »neue Hilfe« kannte. Sie war eine nicht mehr junge, doch üppige Rumänin, Flüchtlingsfrau, die sich von ihrem Mann, einem politisch aktiven Mathematiker, getrennt hatte. Als ich noch im Elternhaus lebte, hatte ich mich oft in ihr Bett phantasiert – und hätte wohl nicht einmal so weit zu gehen brauchen, wenn sie sich vor meinen Augen länger als nötig über den Geschirrspüler oder die frische Wäsche beugte.

Aber nun beugte ich mich selbst über Oskars Drehbank, die mir als Unterlage für Briefe an Magda und Jakobsnotizen diente, und blieb entschlossen, an der Verlassenheit zu wachsen, die mich mit Novemberkälte umschlich. Magda hatte mich in eine Schule des Gefühls gesteckt, die ich bestehen mußte. Als ich doch einmal im leeren Elternhaus vorbeisah, um mich über dies oder jenes besorgt zu zeigen, lachte mir die Rumänin ins Gesicht, und die Quelle ihrer Fröhlichkeit war leicht in Gestalt eines Landsmanns auszumachen, der sich vor dem Fernseher flegelte, als wäre er zu Hause. Ich wagte ihn nicht zur Rede zu stellen.

Und nun verlangte also schon Manuel den Schlüssel zu meinem Atelier. Der einzige, der existierte, war ungefüge wie ein kleiner Geißfuß. Es gebe, warnte ich, auch kein Gästebett, nur ein altes Samtsofa mit herunterklappbaren Armstützen.

Magst du es mir zeigen? fragte er. Das war natürlich keine Frage. Magda verabschiedete sich sofort vor dem »Silbernen Stern«, Manuel und ich gingen schweigend weiter, durch das Hochschulviertel, dann über den Fluß, wo Fußgänger um diese Stunde selten wurden und die

Schritte zwischen heruntergelassenen Rolläden und fensterlosen Mauern widerhallten. In den Pfützen spiegelte sich das grelle Weiß der Straßenbeleuchtung. So weit war mir der Weg nie vorgekommen. Endlich gab es, hinter einem Trümmergrundstück etwas zurückgesetzt, ein Brettertor zu öffnen, und man stand im Hof der Werkstatt, in dem noch immer Alteisen herumstand, teilweise von Oskar zu rostenden Kunstobjekten verschweißt. Ich zeigte Manuel das Schlüsselversteck in einem hohlen Backstein.

Willst du nicht eintreten?

Später gewiß, sagte er, heute habe ich schon ein Quartier. Er entfernte sich rasch. Meine Erleichterung wich fast auf der Stelle einem schwarzen, inzwischen nicht mehr ganz frischen Verdacht. Ich blieb schlaflos. Um vier Uhr morgens hielt mich nichts mehr, ich schwang mich aufs Rad und stand wohl eine Stunde vor Magdas Fenster. Sie war umgezogen, ohne mir die neue Adresse zu nennen, aber »Punkt« hatte sie mir verraten. Hielt ich sie für eine Bundesgenossin, weil sie inzwischen für Magda kein gutes Wort mehr hatte? Die Hochparterre-Wohnung lag in einer Seitenstraße hinter einem schwarzen Vorgarten, und wenn ich an der Einfassung der Haustür zwei Quader hochstieg und mich mit den Fingerspitzen in die Ritze klammerte, konnte ich mein Ohr gegen das Fensterglas pressen.

Doch blieb, bis auf das Herz, das mir bis zum Hals klopfte, alles still.

Am nächsten Tag besorgte ich mir einen Ölheizer und schloß ihn, anstelle des Kanonenofens, an die Kaminöffnung an. Ich war nur noch zum Schlafen da und verlängerte meine Arbeitszeit in der Architekturschule oft bis in die Nacht, wo ich immer noch Kollegen begegnete, die unter dem Druck eines Termins ihre Modelle bastelten oder an Diplomarbeiten zeichneten. Oft fuhr ich erst nach Mitternacht mit dem Rad in Oskars rostende Einsiedelei zurück, um den Ofen höher zu drehen und mich an seinem immer fauligen Hauch aufzutauen.

12

Hier muß ein Geständnis folgen, John, das mir immer noch Mühe macht, fast größere als dasjenige eines Verbrechens.

Ich habe nach meinem Auszug aus dem Mutterhaus aufgehört, am Jakobsweg zu bauen und zu basteln. Ich habe überhaupt nicht mehr gearbeitet. Ich war nur noch ein Stalker – und im übrigen ein Stück Abfall.

Die Fassade einer Person unterhielt ich noch, sogar vor mir selbst. Ich schwang mich aufs Rad, fuhr lange Wege durch die Stadt, ich ging auch in den zuverlässig geheizten Zeichensaal, doch zeichnen konnte ich nicht. Ich habe Bücher auf den Tisch ausgelegt und den Kopf in die Hände vergraben. Aber meine Hände waren nichts weiter als Scheuklappen für mich, Sichtblenden für alle andern; sie verbargen, daß ich auch nicht las. Ich starrte blind auf den Lauf der Zeilen. Stellte ich fest, daß mich jemand ansah, prüfend oder besorgt, warf ich mit dem Bleistift ein paar Zeilen in ein offenes Schreibheft, nickte oder stöhnte wie einer, der rettungslos in ein Problem vertieft ist, und sah nicht einmal das Papier an, auf das ich Nonsens krakelte. Ich war ganz anderswo, wartete nur darauf, wieder hinzufahren, und starrte auf die Armbanduhr auf dem Tisch, die mir sagte: jetzt kann es nicht mehr zu früh sein. Oder: jetzt ist es schon dunkel genug. Nacht, Zeit für den Dienst, Schattendienst.

Der Schatten war derjenige eines Fahrradschuppens im Vorgarten, der Magdas Wohnung gegenüberlag. Zwar verbarg ein Vorbau den Blick auf ihre Haustür, aber derjenige auf ihre zwei Fenster im Hochparterre war unbehindert, wenn man sich hinter die mannshohe Hecke aus Kirschlorbeer stellte, die das Grundstück vor dem Einblick Vorübergehender schützte, aber einzelne Lücken zum Durchblick bot. Im Zwischenraum von Hecke und Schuppen konnte der Wächter nur von der Seite bemerkt werden, von Leuten also, die das Haus in seinem Rücken betraten oder verließen, und mußte sich dann, um nicht als Einbrecher verdächtig zu werden, hinter die Wand des Schuppens zurückziehen, von dessen Benützern die größte Gefahr der Entdeckung drohte. Stellte einer im Halbdunkel klappernd und pfeifend sein Rad ein, galt es bewegungslos mit dem Dunkel zu verschmelzen, aber ein Rad oder Schritte konnte man kommen hören und lernte ihre Richtung einschätzen. Eine entlaubte, aber dicht verzweigte Eberesche stand zwischen dem Horchposten und dem nächsten Straßenlicht. Die kleine Straße war zugeparkt, hatte aber kaum Durchgangsverkehr, so daß Fußgänger besser zu hören als zu sehen waren. Darum verließ ich mich nicht darauf, Magda bei ihrem Ein- und Ausgang zu beobachten, ich hielt mich an ihre Fenster.

Wie viele Stunden habe ich an dieser Stelle verbracht? Ich habe sie nicht gezählt, ich weiß nur, daß jede Minute davon verloren war und daß mit jeder etwas abging von meiner Selbstachtung.

Das Objekt meiner Begierde waren zwei Fenster mit zugezogenen Gardinen. Die Geometrie des Wahns fixierte mich auf diese hohen Rechtecke, die von Sprossenkreuzen in kleinere Rechtecke geteilt waren. Die Sprossen konnten heller sein als die Felder, oder sie zeichneten sich dunkler vor dem Fenster ab, das stärker oder schwächer erleuchtet sein mochte oder gar nur noch andeutungsweise hell: so wenig, daß das Auge sich vielleicht schon täuschte. Das Licht, das es sehen wollte, war längst ausgegangen, in aller Heimlichkeit. Aber alles war Heimlichkeit an diesen zwei Fenstern, und es gab nichts, was sie, hell oder dunkel, nicht bedeuten konnten. Magda konnte das Licht gelöscht haben, weil sie schlafen wollte, oder sie benützte die Dunkelheit dazu, all das zu treiben und mit sich geschehen zu lassen, was sie mir verschwieg. Ich wartete, bis sie sich verriet: ging das Licht wieder an, und wie bald? Doch sie konnte mich auch mit Lampenschein oder Kerzenlicht täuschen, und dann: welche Schamlosigkeit gehörte dazu, nicht einmal das helle Licht zu scheuen! Die zugezogenen Gardinen ließen von Magda nichts durchblicken als ihre Heimlichkeit. Sie waren der Schleier, mit dem sie sich verhüllte, um sich dahinter erst recht zu enthüllen, für jedermann, nur nicht für den Wächter. Er durfte sich nicht sehen lassen, um sie zu sehen, nur unsichtbar hatte er eine Chance, sie sichtbar zu machen, und das hieß: ihren Verrat. Aber natürlich verheimlichte sie gerade diesen vor ihm.

Einmal, zwischen Mitternacht und ein Uhr, zog sie die Gardine beiseite, um das Fenster zu öffnen, nicht aber, ohne zuvor das Licht gelöscht zu haben. Es war nur ein Augenblick, in dem ich die Ahnung einer Gestalt in der schwarzen Lücke erhaschte, die in den Rechtecken aufgebrochen war, und ich grub meinen Blick hinein: hatte sie nicht eine Kerze brennen lassen? Ja, die Schatten, die ich im Innern zu erkennen glaubte, waren beweglich, der einen Spalt geöffnete Raum schwankte wie ein Windlicht, aber niemals konnte ich sicher sein, sie gesehen zu haben – und noch weniger, *sie* gesehen zu haben.

Es ist vorgekommen, daß ich dann, als sei so mehr Gewißheit zu erlangen, einen Schritt aus dem Schatten und sogar durch die Lorbeerhecke getreten bin, wenn auch gewissermaßen nur so weit, wie das Fenster sich geöffnet hatte: einer jener Unglücksmenschen, die ihre Blöße, mit der sie nicht leben noch sterben können, wenigstens zeigen müssen und den Regenmantel auftun, und wäre es vor einem verschreckten Schulkind. Hat mich Magda dabei gesehen, gar erkannt? Das wäre das Letzte gewesen – und vielleicht die Erlösung. Meine Schmach war mir jeden Augenblick bewußt, das war ihr entsetzlichster Teil, aber ich hing daran wie ein Süchtiger an der Droge.

Ich glaube, John, daß ich mich im Leben für nichts abgründiger verachtet habe als für diese hohle Marter der Eifersucht; worauf? Wäre ich nichts weiter als ein mißtrauischer Liebhaber gewesen, hätte Magda meinen Verdacht schon lange entkräftet. Sie führte die ganze Zeit ein kaum weniger eingezogenes Leben als ich, und wenn es an ihrem Rückzug etwas Prätentiöses gab, ihr Wandel gab ihr das Recht dazu, denn ich hätte – wäre ich ein bezahlter Detektiv gewesen – dabei nur ängstliche Regelmäßigkeit finden können, keine Spur des befürchteten Unrats. Aber ich suchte ihn, ich wünschte ihr Verbrechen. Eben daß ich nichts fand, bestätigte die Richtigkeit meines Verdachts, den Umfang ihrer Heimlichkeit. Ich hatte sie zu einem Monstrum vergrößert und war begierig, sie für meine Phantasien zu züchtigen. Meine Sucht hatte keinerlei Grund in der Liebe mehr, sie war ihr eigener geworden, bodenlos verschlang sie jeden Würderest aus meinem Innern, und ich konnte nicht aufhören sie zu füttern. Das Wortspiel, Eifersucht sei eine Leidenschaft, »die mit Eifer sucht, was Leiden schafft«, ist von harmloser Pfiffigkeit: der Befund, dessen ich schuldig wurde, machte mich zum Schatten meiner selbst, und noch diesen Schatten mußte ich verstecken. Denn von einem Selbst, mit dem ich hätte leben können, blieb in jenen obszönen Nachtwachen nichts übrig. Meine »Eifersucht« war der zwanghaft fortgesetzte Versuch, mir den eigenen Unwert zu bestätigen. Ich betastete zwei Fenster mit ihren eben noch hellen, schon wieder verdunkelten Kreuzen wie mit einem geilen Rüssel und saugte das größtmögliche Quantum Elend daraus. Es war die abscheuliche Karikatur eines religiösen Zustandes, der besessenen Hingabe an nichts. Erst wenn ich wieder in die Pedale trat, kam ich so weit zu mir, daß ich meine Zähne klappern hörte. Dann kehrte nicht nur die Erinnerung zurück, was Frieren heißt, sondern auch das Gefühl, daß ich fror.

In einer Dezembernacht, als der erste Schnee in trockenen Schleiern über die Straßen trieb, fand ich Manuel auf der roten Couch liegen, eine Armeewolldecke über sich gezogen, in scheinbar tiefem Schlaf. Doch als ich Licht machte, öffnete er die Augen und legte einen Finger auf die Lippen. Am nächsten Morgen war er wieder fort, und ich fand einen Zettel auf dem Fußboden: verhalte dich bitte so, als wäre ich nicht da.

Ich hätte mich auf Manuels nächtliche Besuche gar nicht vorbereiten können. Er kam ohne Anmeldung und ging ohne Abschied. Dem Kühlschrank – Oskars Stolz, chrombestückt und rundlich, wie ein Straßenkreuzer der Nachkriegsjahre – hatte er nie etwas entnommen, und sogar das Sofa sah unberührt aus. Daß er überhaupt dagewesen war, verriet er nur durch Zeichen, hinterließ etwa, vor Weihnachten, einen Strauß Gräser oder einen unbestimmten, aber durchdringenden Kindheitsduft. Es kam auch vor, daß mich eine Platte weckte, die ich im Musikgeschäft umsonst gesucht hatte. Einmal stellte ich fest, daß das Bett, das ich am Morgen überstürzt verlassen hatte, am Abend gemacht war, und zwar mit der peinlichen Genauigkeit, die ich selbst in der Kaserne hatte üben müssen.

Ich fand immerhin die Kraft, meinem Professor zu begegnen, um meinen Jakobsweg bei ihm abzumelden: eine Diplomarbeit werde wohl kaum daraus. Er sah mich nicht ohne Teilnahme an und bemerkte: Ich fürchtete schon lange, daß Sie sich übernehmen. Warum wählen Sie Ihre Projekte immer eine Nummer zu groß? Ernähren Sie sich auch regelmäßig?

Davon konnte keine Rede sein. Manchmal kehrte ich beim Griechen für gebackenen Schafskäse ein; in der »Raute« ließ ich mich nicht mehr blicken, hatte dort auch seit langem keinen Brief mehr abzugeben. Und doch bewahrt mein Gedächtnis eine merkwürdige Szene auf. Ich nähere mich dem Stammtisch, an dem viele Unbekannte sitzen; die Runde verstummt. Ihr schweigt ja, sage ich. – Nach einer Weile versetzt der Bildhauer: Das tun wir absichtlich. – Ja, fährt der Friseur fort, wir üben. – Das könnte dir auch einmal guttun, setzt einer der Brillenträger hinzu, und seine Kumpane lachen hämisch.

In der Fastnachtszeit wachte ich, nachdem ich meiner Sucht gefrönt und die halbe Nacht hinter dem Fahrradschuppen gestanden hatte, mit hohem Fieber auf und wußte auf der Stelle: jetzt bist du lebensgefährlich verlassen. Unverhofft erschien am frühen Nachmittag Christoph, der zukünftige Armenarzt, in meinem Atelier. Er komme in Magdas Auftrag und bringe die Kerze, die sie mir zum Geburtstag gegossen habe. Als er mich näher ansah, die Hand auf meine Stirn gelegt und meinen Puls gefühlt hatte, verschwand er und kam nach einer Stunde mit Medikamenten und einer Tüte voll leichtverdaulicher Lebensmittel zurück. Dann ließ er es sich nicht nehmen, auf Oskars Herd eine Bouillon und einen Topf Hafermus für mich zu kochen. Er gab mir den Rat, doch nach Hause zu gehen und die Pflege meiner Mutter in Anspruch zu nehmen. Sie ist in Sizilien, sagte ich, aber jetzt habe ich die Kerze. Als er gegangen war, zündete ich sie an. Sie war tiefblau, fast schwarz und mit silbernen Formen besetzt, die an die Form der Jakobsdächer erinnerten. Geburtstag, sagte ich, ich habe doch gar keinen Geburtstag. Plötzlich schossen mir Tränen in die Augen, und ich hatte doch seit meiner Kindheit nicht mehr geweint. Jetzt aber schüttelte es mich, und ich weinte mich in einen tiefen Schlaf.

Die Kerze brannte noch und zeichnete ein weitmaschiges Netz feingesponnenen Lichts an die Decke, als ich wie aus einer Ohnmacht erwachte. Ich wollte mich aufrichten, doch ein leichter Druck auf meine Stirn hielt mich zurück, und ich hörte die Stimme Manuels an meinem Ohr. Erschrick nicht, Josef, du bist gesund.

Als ich das nächste Mal erwachte, wußte ich auf der Stelle: jetzt hat es geschneit. Eine kahle, doch erfrischende Helligkeit fiel durch das Oberlicht in die Werkstatt. Meine Haut fühlte sich trocken an. Wer hatte mir einen frischen Schlafanzug angezogen? Ich stand auf und öffnete die Tür, in der mich der maßlose Glanz des Wintermorgens blendete. Eine frische Spur im Schnee führte bis zur Schwelle, auf der ein Brief meiner Mutter lag. Sie meldete ihre Rückkehr aus Sizilien und bat dringend um meinen Besuch.

Ich hatte den Eindruck, eine ganze Woche verschlafen zu haben, doch die Kerze auf der Drehbank brannte noch immer und schien kaum kürzer geworden.

13

Jetzt sehe ich das Gesicht meiner Mutter im Feuerschein des Kamins, es ist gebräunt, doch schmal geworden. Wir hatten uns zur Begrüßung umarmt, doch danach schien sie mich gar nicht mehr wahrzunehmen. Ich fürchtete, mich sehr verändert zu haben. Ich war krank gewesen, sie hatte vor meinem Atelier geschaudert, und in ihrem Brief wünschte sie mich dringend zu sprechen. Ich war auf die Einladung gefaßt, wieder zu Hause einzuziehen, und halb entschlossen, sie anzunehmen.

Der Winter zu Füßen des Ätna habe ihr gutgetan. Dennoch habe sie den Aufenthalt vorzeitig abgebrochen, denn jemand müsse doch zu Hause nach dem Rechten sehen. Das klang wie ein Vorwurf an mich. Aber nein, es war L. – hier nannte sie den Namen der rumänischen Haushälterin –, die sie rasend mache. Das erste sei gewesen, daß sie ihr gekündigt habe. Wenn sie jetzt nur wüßte, wo sie gleich eine neue Hilfe hernehmen solle, nötig bleibe sie ihr auf jeden Fall. Auf einmal sah sie wie ein erzürntes Püppchen aus. Als sie angekommen sei, habe sie L. mit einem fremden Menschen im Bett gefunden. Im Ehebett der Kummer! So gehe es ja wohl nicht. Unangemeldet müsse man heimkommen, wenn man die Wahrheit erfahren wolle.

Hatte sie mich so dringend gerufen, um mir die Kündigung der L. mitzuteilen? Nein doch. Ein Gefühl der Unruhe habe sie zurückgetrieben. Sie habe den Eindruck, mit mir und Magda gehe es nicht, wie es sollte. – Wie soll es denn gehen, Mutter? fragte ich erstaunt. Sie errötete ein wenig, als sie mir gestand, daß das Mädchen, das ich gefunden habe, nach ihrem Herzen sei und daß sie uns als Paar vom ersten Augenblick an nur das Beste habe wünschen können. Ich weiß nicht, Mutter, sagte ich, was dich zu diesem Wunsch berechtigt; Magda wohl nicht, sonst müßte ich auch etwas davon wissen. Geh, Josef! sagte sie mir, du hast noch keine lieber gehabt und tust gut daran! Wir kennen doch ihre Familie, in bessere Gesellschaft kann man nicht kommen, und du weißt, daß ich nur dein Bestes will. Schön von dir, sagte ich, es fehlt nur eine Kleinigkeit: Magda liebt mich nicht, sie hat längst einen andern. Geh! sagte Mutter, ich habe Augen und weiß, was ich sehe! Du bist doch ganz besessen von dem Mädchen, und wenn du ihr nur etwas Zeit läßt –. Mutter, erwiderte ich, wenn du noch einmal geh! sagst, gehe ich wirklich.

Sie sah mich erschrocken an, dann erzählte sie von Magdas Besuch. Sie habe sie eingeladen, um eine Brosche bei ihr zu bestellen, nachdem sie ihre Arbeit bei einer Freundin gesehen und sich in die Akkuratesse der Form verliebt habe. Magda habe den Auftrag nicht annehmen wollen, ohne die Welt der Kundin zu kennen, meine Welt, Josef! und als sie kam, haben wir uns wunderbar unterhalten. Ich kenne eure Beziehung und kann nur sagen: ihr seid einander wert. – Du kennst also unsere Beziehung, Mutter, sagte ich kühl, da hast du mir etwas voraus. Darf ich die Brosche sehen? Unvermittelt brach sie in Tränen aus. Ich werde sechzig, Kind, und wünsche dich versorgt.

Ich fragte zum zweiten Mal, wofür sie mich bestellt hatte. Du könntest es mir leichter machen, Josef, sagte sie, aber erst trinken wir Tee. Sie schien einen Grund für ihre Unruhe zu brauchen. Noch immer trug sie ihr Reisekleid, ein kamelfarbenes Deux-Pièce, das ihre schlank gebliebene Figur zur Geltung brachte. Und als wir schließlich beim Tee saßen, legte sie ihre Beine unter dem kurz geschnittenen Rock bald so, bald so.

Sie sprach über die Revolte, die jüngst nach Palermo übergegriffen hatte. Angeregt gedachte sie der Demonstration, in die sie »alte Frau« geraten war, ohne jedoch Schaden zu nehmen. Eher hatte ihr die schöne Entschlossenheit dieser Jungen imponiert. Um so heftiger ließ sie sich über das noch immer ungelegte Handwerk der Mafia aus, welche die Insel in Furcht und Schweigen erstarren lasse. Mittelalterliche Verhältnisse gingen immer zu Lasten der Frauen.

Ich hatte Mutter noch nie über Politik reden hören. Sie nannte ihre Schulfreundin als Beispiel dafür, wie eine Frau sich entwickeln könne; sie sei sogar, als ihr Mann, der führende Geologe Italiens, gestorben sei, auf dem Sprung gewesen, sich von ihm zu trennen.

Wieder stand sie auf, und ich hörte sie die Treppe hinaufgehen. Dann kam sie mit dem Bild des Vaters zurück, das auf ihrem Nachttisch gestanden hatte, neben einem Kinderbild ihrer selbst.

Das Foto war am Tag seiner ersten Wahl in den Nationalrat aufgenommen worden. Vater lächelt über das ganze Gesicht – oder eben nicht. Sein Lächeln bleibt in der Mundpartie gefangen. Es versucht umsonst, sich über die tiefen Furchen, die es auf beiden Seiten festhalten, und über die Wangen bis in die Augen auszubreiten. Diese bleiben kalt. Es ist alles da, was ein Kummer-Gesicht unverkennbar macht: die Adlernase, und auch die Eliasbraue, die noch kraftvoll ist. Er hat sie nachgedunkelt und nur die Schläfen ergrauen lassen. Der Gottesblick fehlt, Vater hatte die schmalen Augen seiner Mutter, doch das gefangene Lächeln, nein, es fehlt ganz und gar nicht. Um so deutlicher zeigt das Bild, was ihm zu einem ganzen Lachen fehlt.

Ich habe deinen Vater nicht genug geliebt, sagte Mutter leise, und war jetzt so tief errötet, wie es die gebräunte Blässe ihres Teints zuließ. Dazu lächelte sie selbstvergessen. Es tut weh, dir das zu sagen, Josef, denn er ist dein Vater. Aber einmal mußtest du es wissen.

Jetzt blickte sie mir beinahe strahlend in die Augen, doch die Tasse zitterte so stark in ihrer Hand, daß sie sie absetzen mußte.

Bist du sicher, daß ich sein Sohn bin, fragte ich scheinbar ruhig.

Josef! sagte sie. Muß ich das beschwören?

Nein, sagte ich und lächelte.

Dann nimm das Bild doch bitte zu dir, sagte sie, und dann übergangslos: wenn du nach Palermo gehst, mußt du die Katakomben des Kapuzinerklosters sehen. Du glaubst es nicht.

Sie zeigte mir eine Reihe von Postkarten, Gruppenbilder sonntäglich gekleideter Bürgerleichen, Kongresse munter zusammenstehender Mumien in Ärzte- oder Advokatentracht, ein Ruheplätzchen gedrängt voll gebrechlicher, doch koketter Totenschönheiten, die aus Schleiern und Spitzenhäubchen hervorgrinsten.

Beim Abschied sagte sie: Laß es dir nicht passieren. Der Liebe muß man Sorge tragen. Die Ideen, nach denen dein Vater gelebt hat, haben ihn nicht glücklich gemacht.

Er hatte keine Ideen, und daran gestorben ist er auch nicht, sagte ich.

Doch, sagte sie, ebendaran ist er gestorben.

Es wird mir nicht passieren, Mutter, sagte ich und küßte sie auf den Mund. Sie stand noch immer erschrocken unter der Tür, als ich ihr vom Rad herunter zuwinkte.

Ende Mai, nach einer Anstandsfrist von vier Wochen, kam der junge Mann, den sie in Sizilien kennengelernt hatte, als neuer Diener ins Haus, ein Fischer namens Anteo.

Ich habe das Haus bis nach ihrem Tod nicht mehr betreten.

14

Den folgenden Sommer hat meine Erinnerung fast gelöscht, und die Menschen, denen ich begegnet sein muß, sind mir entfallen. Eigentlich war ich es, der fiel. Ich sehe mich in der Werkstatt auf meinem Bett liegen und masturbieren. Die Phantasien, die ich herbeizog, waren zu flüchtig, um sich an einem Menschenleib festzumachen. Magdas Fenster besuchte ich nicht mehr. Ohne meinen Professor wiederzusehen, holte ich Modelle und Zeichnungen aus der Hochschule zurück, die sich in einem Winkel der Werkstatt häuften und Staub ansetzten. Da ich für den Transport einen Leihwagen benützte, muß ich immerhin Autofahren gelernt haben. Ich ließ mich in der »Raute« nicht mehr blicken, sehe nur noch verwischte Fluchten von Buschwerk und Gartenzäunen an mir vorüberfliegen – Spuren der Radfahrten, die ich ziellos unternommen habe, in der widersprüchlichen Erwartung, damit meine Gesundheit zu erhalten und mein Leben unter einem Lastwagen zu beenden.

Es muß August geworden sein, als mich unerwartet Oskar heimsuchte. Die Schauspielerei sei, wie er habe einsehen müssen, doch nicht das richtige gewesen, darum habe er sich als Bauzeichner für ein Jahr »nach Ägypten verkauft«. Nun aber habe sich ganz neuerdings etwas Sensationelles aufgetan. Er könne eine Ausstellung machen, und zwar hier, in unserer Stadt. Über Utopie; das Thema liege in der Luft wie schon lange nicht mehr. Der Oberbürgermeister, der ein Jahrtausendjubiläum auszurichten habe und danach wiedergewählt werden wolle, habe sich an eine gewisse Balldekoration erinnert, die ihm vor drei Jahren Eindruck gemacht habe. Er habe Oskar aus Berlin gerufen und ihm das Projekt angeboten. Er brauchte nur noch zu-

zuschlagen ... wenn es jetzt nur nicht die Verpflichtung nach Kairo gäbe. Er müsse einen Weg finden, davon zurückzutreten. Das Generalunternehmen habe ihm schon einen Vorschuß nach Berlin geschickt, um seine Schulden zu decken, anders hätte er die Stadt gar nicht verlassen können. Auch den Flugschein habe er schon: Kairo einfach.

Er hielt mir das Papier hin.

Was soll ich damit? fragte ich.

Würdest du an meiner Stelle gehen? fragte er.

Hätte er mich angeblickt, ich hätte ihm ins Gesicht gelacht. Aber er sah weit weg. Er war blaß, sein Haar hatte sich bis hinter die Stirn gelichtet, der markante, doch zerbrechlich wirkende Schädel zitterte. Seine weit auseinanderliegenden Augen waren gerötet, und darin schimmerte der feuchte Blick des Hoffnungslosen. Ich sah einen über zu vielen Projekten gealterten Narren, und in diesem Augenblick war er mein Bruder.

Wenn's weiter nichts ist, sagte ich.

Er erstarrte und wagte mich nicht anzusehen.

Wann finge ich denn an? fragte ich und nahm ihm das zerknautschte Ticket aus der Hand. Am 23. September also, beantwortete ich meine Frage selbst.

Und wenn sie dich nicht nehmen?

Dafür mußt du schon sorgen, daß sie mich nehmen.

Ich könnte schwer erkrankt sein, sagte er.

Und was tue ich in Ägypten?

Es ging um die Moebius SA. Ein französisches Konsortium plane in der von Nasser vereinigten Arabischen Republik ein bedeutendes Zukunftsprojekt. Vordergründig könne man es auch als Hotelkette betrachten. Doch man wolle dem Land nicht einfach Touristen erschließen, sondern devisenbringende Freunde zuführen, gewissermaßen zahlende Genossen. Moebius wolle kein Markenzeichen vermarkten, sondern ein Signal setzen. Du wirst Kisten zeichnen müssen, sagte er jetzt ohne Umschweife, Plattenbauten, für zahlende Touristen oder umgesiedelte Fellachen.

Das habe ich mir immer gewünscht, sagte ich. Und jetzt wirst du auch wieder hier wohnen wollen.

Einstweilen habe ich etwas anderes, sagte er.

Nie wieder, was? fragte ich. Dabei habe ich dein Atelier warmgewohnt.

Jedenfalls scheinst du in Form.

Sonst müßtest *du* nach dem 23. September Kisten zeichnen. Nur einen Vorschuß hätte ich noch gern.

Oskar lächelte gequält. Zum Abschied umarmte er mich, und ich roch im handgestrickten Pullover seinen kalten Schweiß.

Ich hatte meinem Leben eine Wendung ins Absurde gegeben. Schon nach vier Tagen erhielt ich telegraphisch den Vertrag der Moebius SA, der mich als »erfahrenen Architekten« willkommen hieß. Er verpflichtete mich für ein Jahr nach Kairo, und ich hatte ein Gehalt mit vielen Nullen zu erwarten, doch waren es ägyptische Pfund. Das Visum würde mir bei der Einreise ausgefertigt. Für Logis in ruhiger Lage sei am Arbeitsplatz selbst gesorgt, und Impfungen erübrigten sich.

Ich leerte mein Konto und legte es in Reiseschecks an. Zu verabschieden gedachte ich mich nirgends. Am letzten Abend setzte ich doch eine Notiz für meine Mutter auf, denn ich wünschte von ihr nicht gesucht zu werden.

Es war schon dunkel, als ich die Tür öffnete, um den Brief zum Kasten zu tragen. Draußen stand ein Paar. Als ich es erkannte, trat ich zurück.

Manuel war, obwohl er den Mongolenbart rasiert hatte, im Eingangslicht deutlich zu erkennen. Er trug einen weiten schwarzen Umhang, der bis zum Hals verschlossen war, und darüber einen Rucksack. Die Frau war Magda. Sie wirkte verändert, doch das knielange stahlblaue Kleid war dasselbe, das sie am Ball getragen hatte.

Wir stören, sagte Manuel.

Ja.

Aber wir wollen zu dir.

Da ich schon zur Seite getreten war, blieb nichts übrig, als ihnen in die Werkstatt zurück zu folgen, den Brief in der Hand. Vor dem Bett stand der gepackte, noch nicht verschlossene Koffer. Magda legte einen Strauß weiße Lilien auf die geräumte Drehbank.

Die Vase habe ich dabei, sagte Manuel, streifte den Rucksack ab und zog eine schwarze Keramikröhre heraus. Er ließ sie voll Wasser laufen und stellte den Strauß ein. Wir standen noch.

Morgen bin ich fort, sagte ich.

Magda weiß, sagte Manuel. Die Blumen sind für jetzt.

Und was sollen sie? fragte ich heiser.

Du hast Magdas Kerze noch, sagte Manuel.

Ich hatte sie in den Koffer gepackt. Manuel nickte, als wüßte er Bescheid.

Sag ihm, was du willst, Magda.

Sie blickte in die Ecke, wo die Reste des Jakobswegs lagen, notdürftig zusammengescharrt.

Ich möchte deine Arbeit hüten, bis du wiederkommst, sagte sie.

Warum? fragte ich.

Weil ich dich liebe, sagte sie und schlug die Augen nieder.

Ich hatte wohl nicht recht gehört. Ich lachte, ich konnte

nicht anders. Ich wollte gar nicht mehr aufhören und spürte, wie meine Stimme aus dem Kopf in die Brust und dann in den Bauch sank, als wäre sie kein Teil von mir. Ich versuchte den merkwürdigen Laut zu beherrschen, aber nun machte er sich selbständig und schwankte in meinem Eingeweide, daß ich zu zittern begann. Ich hörte mich winseln wie einen Hund und spürte lange nicht, daß Manuel meine Hand hielt, von der eine Welle der Beruhigung in mich zurückfloß. Am Ende war es, zu meinem Befremden, ich selbst, der seine Hand so hoch über unsere Köpfe erhoben hielt, als hätten wir Menuett getanzt. Er knickste sogar, und ich sah unter Manuels schwarzem Umhang seine nackten Beine.

Jetzt kannst du reisen, sagte Manuel, aber Magda wünscht sich noch etwas von dir.

Magda hielt eine blaue Schachtel aufgeklappt vor ihrer Brust. Zwei Ringe staken in der Ritze des Seidenpolsters.

Selbstgeschmiedet, sagte Manuel, Magda verlobt sich mit dir. Ich bin Zeuge.

Ich schüttelte den Kopf. Ach was, sagte ich, ihr seid doch selbst ein Paar. Ihr vögelt schon lange miteinander. Das weiß ich.

Das weißt du also, sagte Manuel. Er riß mit beiden Händen den schwarzen Umhang auseinander und entblößte den nackten Leib. Mit plastischen Muskeln und Sehnen wirkte er wie ein anatomisches Schaubild. Zwischen den Beinen trug er ein Glied von üblicher Größe, doch hing anstelle der Hoden ein Bündel schlaffer Falten.

Ein einziger Treffer genügte, sagte er, du siehst. Glaubst du nun?

Der gelbliche Leib hing wie ein Insekt in der Spannweite des dunklen Flügels. Er raffte ihn und nahm Magda das Kästchen aus der Hand.

Unter dem Kleid hat sie nichts an, sagte er. Davon hast du geträumt.

Magda hielt die Augen gesenkt, aber sie streckte, fast ohne den Arm vom Leib zu lösen, einen Finger ihrer rechten Hand aus. Ich streifte den kleineren Ring darüber. Dann rückte ich ihr so nahe, daß ich ihren kurzen Atem spürte, als mein Finger an der Reihe war. Als sie den Ring auf ihn steckte und mit zitternder Hand bis zur Wurzel schob, straffte sich mein Glied.

Manuel hatte sich hinter Magda gestellt und ihr Kleid gehoben. Er stemmte sich gegen sie, während sie sich über meinen Schoß beugte und mit Lippen und Zähnen die fest gewordene Stelle ergriff. Dann öffnete sie den Reißverschluß, und Manuel drehte sie um, so daß mir ihr entblößter Hintern zugewendet war. Sie bückte sich über seinen Schoß und stemmte ihre Beine gegen den Boden, als ich den Eingang zu ihrem Körper suchte; doch er blieb so fest, als wäre er mit einer zweiten Haut überzogen.

Es geht doch, sagte Manuel. Versuch's noch mal.

Mein Glied zuckte, und ich mußte zusehen, wie mein Samen in zähem Fluß über Magdas Schenkel lief und auf den schwarzen Boden tropfte.

Da schlug Manuel mit beiden Armen seinen Mantel auf, so daß er darin zu schweben schien, und bevor er ihn wieder zurückfallen ließ, zeigte sich in seinem vom Licht abgewandten Gesicht die Fratze grenzenlosen Leidens. Dann zog er, wie ein Photograph oder Matador, das schwarze Tuch über Magdas Leib. Sie richtete sich auf und reichte ihm den Arm.

Dein Jakobsweg, sagte er, du willst das Projekt doch nicht liegenlassen? In einem Jahr arbeitest du wieder daran.

Ich rührte mich nicht, als Manuel mit raschen Bewegungen das Material des Jakobswegs in seinen Sack räumte, in dem Rolle um Rolle verschwand, als könne er, ohne voll zu werden, eine ganze Welt verschlingen. Am Ende nahm er die Platte vom Bock, auf der sich, zerstreut schon und teilweise zerstört, die Modelle der Herbergen wie Schafe drängten, und legte sie auf Magdas ausgestreckte Arme; und sie trugen das beträchtliche Gewicht, als wäre es nichts.

Dann packte er den Sack und öffnete die Tür, durch die Magda, die Arbeit meines halben Lebens auf den Armen, hinausging wie eine Königin. Schon unter der Tür, drehte sich Manuel nochmals um. Getrost! sagte er. Du siehst mich nicht wieder.

Ich fuhr auf, als ich draußen einen Motor anspringen hörte, und lief vor die Tür. Wer hatte sich hierher verirrt? Hier gab es doch keinen Verkehr. Ich spürte Kälte am Unterleib und zog den Reißverschluß zu. Hatte ich am Vorabend der großen Reise noch einmal schwach werden müssen? Auf dem Tisch brannte Magdas Kerze in aller Ruhe, daneben lag der Brief an meine Mutter.

Nein, es war nicht mehr nötig, sie zu benachrichtigen. Ich hielt den Brief über die Kerzenflamme und ließ ihn immer nur so viel Feuer fangen, daß ich das Papier festhalten konnte, bis es fast restlos verzehrt war.

15

Ich verließ Europa zum ersten Mal. Als ich aus dem Flugzeug stieg, schlug mich, wie ein anhaltender Blitz, die Sonne nieder. Als ich wieder Augenlicht hatte, sah ich die Seitenansicht eines Mannes, der, ein Bein erhoben und den schmalen Schuh auf eine alsbald verschwimmende Stufe gestützt, zum Schritt in eine hellblau gemalte Unendlichkeit ansetzte, auf die er seine stählernen Augen richtete. Der Herr, der mich im Innern des Flughafens in Empfang nahm, glich dem riesigen Mann bis auf den Schnurrbart, nur trug er eine Sonnenbrille. Er nahm sie nicht ab, als er mich M. Leclerc, dem hageren, sandgrau gekleideten Franzosen, mit einer Verbeugung weiterreichte. Dieser gab mir im Auto, mit dem wir durch die Wüste nach Kairo fuhren, den Finger auf die Lippen gelegt, zu verstehen: über den durch Wolken schreitenden Mann, der uns nun in der Stadt erst recht von jeder freien Wand entgegentrat, redeten wir besser zu Hause.

Erst auf meinem Zimmer im Dachgeschoß eines gelben, elegant gewesenen Gebäudes, vor dem sich eine Palmenallee hinzog und ein Soldat auf- und abschritt, erklärte mir M. Leclerc die Bewandtnis, die es mit dem allgegenwärtigen Mannsbild hatte. Es sei der Oberst, auch Reis genannt, ein Akrobat auf hochgespanntem Seil, der sich, bei zunehmendem Ungleichgewicht, in zunehmende Beschleunigung zu retten versuche. Man könne ihn auch einen Koloß mit nicht mehr tönernen, sondern gar keinen Füßen nennen, oder einen Ikarus mit geschmolzenem Wachsflügel, der seinen freien Fall als Aufbruch der Nation, als Sturm der Befreiung darstelle. Der Reis reite auf einem Tiger, dem er zu allem Überfluß Feuer an den Hintern lege. Um sich Mut zu machen, brülle er so laut, als wäre er selbst der Tiger, übertöne damit aber nur die Angst, daß ihn der Tiger schon zwischen den Zähnen habe.

M. Leclerc, von seinen Gleichnisreden erschöpft, starrte in den Ventilator, der sich langsam und ohne erkennbare Wirkung an der Decke drehte. Da innerhalb des Hauses die Gesetze des Islam nicht galten, nippten wir an einem Long Drink, den der Kühlschrank bulgarischer Herkunft brummend hergegeben hatte. Das Mobiliar war, wie M. Leclerc in fast akzentfreiem Deutsch erklärte, Plaste und Elaste aus Schkopau. Durchs Fenster sah ich die Sonne hinter einem weißen Wald von Minaretten untergehen. Da wagte ich zu fragen, welche Rolle der Moebius SA in diesem Land zugedacht sei und worin meine Arbeit bestehe.

Sein Blick kehrte zurück, M. Leclerc wurde wieder Architekt. Wir bauen einen kleinen Damm gegen die Überschwemmung, sagte er.

Kein Öl, kein Ackerland, zu wenig Industrie, zu viele Menschen, davon wiederum zu viele unzufrieden, dank der Verbesserung des Schulwesen. Selbst was in Ägypten gelinge, schlage ihm zum Unglück aus. Es verfüge nur über eine einzige solide Ressource: seine Vergangenheit, Pharaonen, Pyramiden, die großartigsten Friedhöfe der Menschheitsgeschichte. Devisen und Touristen kämen aber so lange nicht, als der Oberst auf dem hohen Seil tanze und Investoren das Fürchten lehre. Er sei nicht zu retten, aber hoffentlich das Land. Die Moebius SA baue vor, um am Tag X sofort bauen zu können. An Bundesgenossen im Regime fehle es nicht, auch wenn sie sich noch nicht zeigen dürften. Die Grundstücke seien vorgemerkt, wozu liege alles Land in der Hand des Staates. Es komme nur darauf an, die Pläne aus der Schublade zu ziehen, dann führen morgen die Bagger auf.

Auch in der »Raute« waren die Diskussionen in den letzten Monaten politisch geworden. Darum fragte ich: Und wer profitiert dabei?

Alle, sagte Herr Leclerc, dann fügte er mit einem bübischen Lächeln hinzu: Und wir.

Also zeichneten wir, eine als Agentur der Regierung verkleidete *Société anonyme*, sieben Mann hoch – vier einheimische Architekten, ein Schwede, ein Franzose und ich –, an den Plänen, die wir am Tag X nur aus der Schublade zu ziehen brauchten. Schon am zweiten Tag durfte ich M. Leclerc, unsern Chef, Fabien nennen. In seiner knappen Freizeit analysierte er Gesteinsproben der Cheops-Pyramide und war zum Schluß gekommen, daß sie nicht etwa aus Steinblöcken gefügt, sondern aus Zement gegossen war. Es schmerzte ihn, daß er aus seinem Fund noch viele Jahre ein Hehl machen mußte. Denn auch wenn er als Franzose Aufklärung über alles stellte: als Entwicklungshelfer verhehlte er sich nicht, daß das Weltwunder durch diese Verschiebung ins Frühtechnologische arg kompromittiert würde. Denn wer pilgert zu einer Zementhalde?

Das aber hinderte uns nicht, die Zukunft Ägyptens auf dieser profanen Grundlage zu errichten. Die Moebius SA plante Hotels an der Cléopatra Beach, zwei in Kairo, auf der Nilinsel Zamalek und am Flughafen sowie in Luxor, Assuan und Scharm-el-Sheikh, um Liebhabern einst auch die jungfräulichen Tauchgründe des Roten Meeres anzubieten. Die Unternehmensleitung – sie saß in Alexandria – schien Wind davon zu haben, daß der Tag X mit großen Schritten näher rückte, und so trieb uns Fabien zu einem wahren Galeerendienst an. Im Schweiße meines Angesichts zeichnete ich Kisten und hatte in zwei Monaten nichts vom Lande gesehen, sogar von den benachbarten Pyramiden erst die verräterischen Feinschliffe, die Fabien unter dem Mikroskop überführte.

Ich darf behaupten, im Unternehmen, für das ich eines Tages zeichnungsberechtigt werden sollte, schon mit der Pike gezeichnet zu haben. Keine sozialistische Arbeitsmoral, kein afrikanischer Schlendrian: jeden Tag saßen wir acht Stunden am Reißbrett. Cléos libanesische Küche erweckte uns jeden Mittag wieder zum Leben. Sie hatte als

Gouvernante noch unter der Monarchie im Haus des französischen Honorarkonsuls gedient und zeigte uns gern Bilder ihrer verflossenen Herrlichkeit, auf denen sie im weißen Sand Alexandrias die Kinder einer vornehmen Herrschaft hütete. Wie hätte mir damals träumen sollen, daß mir im kleinsten der Nackedeis meine künftige Gattin entgegentrat! Cléo war die Lebensgefährtin Fabiens, üppiger, auch ein wenig älter als er, und mußte sich in seine Aufmerksamkeit mit den Pyramiden teilen. So hielt sie sich, zur Kaffeestunde im »Salon«, wo die Plastikmöbel antiquarischem Plüsch wichen, beim jungen Josef schadlos mit ihren Liebesbekenntnissen zur weißen Stadt, der verfallenden, doch unsterblichen Gebäudeklippe an der schwarzblauen Bucht, und fächelte ihm über ihr Dekolleté mit nervösem Fächer die erwünschte Brise zu. Sie war meine einzige weibliche Bekanntschaft.

Wüstenhitze herrschte auch im Dezember. Drohender Unruhen wegen hatte der Oberst den Belagerungszustand über die Stadt verhängt. So war es, bis auf dröhnende Militärfahrzeuge und heulende Hunde, auffallend still, wenn ich allein auf der Bruchterrasse vor dem aufgeschlagenen Firmament saß, in das mir, nach dem dritten Long Drink, die Augen übergingen. Es zwinkerte mir, während Magdas Kerze reglos auf der Brüstung brannte, mit seinem kühlen Geschmeide zu und ließ immer wieder ganze Schauer von Sternschnuppen in endlose Tiefen rieseln. Hier begegnete mir am Heiligen Abend der Stern der Geburt so strahlend, wie ihn die Drei Könige gesehen hatten.

Weit nach Mitternacht pflegte drunten in Fabiens Wohnung das Licht auszugehen, dann konnte ich darauf warten, daß eine weibliche Stimme Laut gab. Das Crescendo immer lauter, immer kürzer werdender Seufzer gipfelte in einem erst gebieterischen, dann erstickten *Encore*!, bei dem auch ich unter den Sternen verging. Danach blies ich die Kerze auf der Brüstung aus.

So lebte ich hin, einen Tag nach dem andern, fast ohne das Haus zu verlassen. Von Ägypten hatte ich noch nichts gesehen. Nach Weihnachten erteilte mir Fabien, der mich hie und da verstohlen musterte, den Auftrag, mir in Luxor ein Bild von der künftigen Baustelle zu machen, und gab mir dafür über Neujahr eine Woche Urlaub. Der Platz auf dem Nildampfer war schon gebucht, als ein Telegramm mit Oskars Unterschrift eintraf: meine Mutter sei gestorben. Ich möge sogleich nach Hause kommen.

16

Meine Mutter hatte sich am zweiten Weihnachtstag mit einem Sprung vom Dachstock des Millennium-Hotels das Leben genommen. Das eröffnete mir der Notar zusammen mit ihrem Testament. Sehen konnte ich sie nicht mehr. Sie hatte im Hotel, wo sie die letzte Nacht verbrachte, eine Notiz hinterlegt: nach Feststellung ihres Todes wünsche sie ohne Zeremonie kremiert zu werden, die Todesanzeige habe sie bereits in Auftrag gegeben. Danach hatte sie den Wecker auf halb vier Uhr gestellt, und zwischen vier und halb fünf Uhr früh mußte sie gesprungen sein, nicht ohne sich zuvor den Kleidrock, das kamelfarbene Tailleur, mit einem Lederriemen zusammengebunden zu haben. Die Todesanzeige erschien am 29. Dezember, dem gleichen Tag, an dem sie kremiert wurde, und enthielt außer ihrem Namen nichts als das Geburts- und Todesdatum.

Die Erschütterung darüber war den wenigen Kondolenzschreiben anzumerken, die danach an meine Adresse, soll heißen: diejenige des Elternhauses, eingingen. Ich hatte es, wie auch den Rest von Mutters Vermögen, geerbt; das konnte mir der Notar noch vor Eröffnung des Testaments mitteilen, denn er hatte es zwei Wochen zuvor in ihrer Gegenwart selbst aufgesetzt. Ich hatte, wegen drohender Kriegsgefahr im Nahen Osten, erst am 30. mit einem Sonderkurs zurückfliegen können, der Teile der französischen Kolonie evakuierte, und war am Silvestermorgen über Paris mit dem Zug in der Heimatstadt angekommen. Doch dieser Name paßte nicht mehr.

Meine Mutter habe heiter, fast mutwillig gewirkt, als sie dem Notar ihren letzten Willen diktiert habe. Ihre Absicht sei nicht im geringsten zu erkennen gewesen. Immerhin habe er gefragt, ob meiner, des alleinbegünstigten Sohnes, nicht etwas weniger sachlich gedacht werden solle. Sie habe mit einem kleinen Lächeln den Kopf geschüttelt. Wenn einer mich versteht, dann Josef.

Der Notar überreichte mir sogleich den Schlüssel zu meinem Elternhaus. Zum ersten Mal seit der Aussprache im Mai hielt ich mich wieder darin auf. Es wirkte nicht sonderlich aufgeräumt; nicht einmal die Heizung war tiefer gestellt. Daß es Mutter seit Oktober wieder allein bewohnt habe, hatte mir der Notar schon mitgeteilt. »Wieder«, sagte er verlegen, denn Mutter hatte ihn über die vorangegangene Hausgemeinschaft mit dem jungen Sizilianer nicht im unklaren gelassen. Mein Liebster ist ausgeflogen, habe sie gesagt, und leider hat er auch mein Geld mitgenommen. Die Hälfte hat er schon für Flugstunden durchgebracht. Er wollte immer Fluglehrer werden. – Der Notar habe sich denn doch erkundigt, ob sie nicht Schritte unternehmen wolle. Welche Schritte? habe sie abwesend bemerkt. Er habe sich, offen gesprochen, einen Augenblick fragen müssen, ob die verehrte Frau Nationalrat noch bei Troste sei. Anteo durfte gehen, habe sie hinzugefügt, und meinetwegen mag er fliegen. Lesen und Rechnen hat er gelernt.

In der Tat, sagte der Notar und räusperte sich, als ich die Kontoauszüge durchsah. Zwischen Juni und September waren monatlich zwischen sechzig- und siebzigtausend abgebucht worden; am 29. September, bis auf dreißigtausend, der ganze Rest. Der Mann besaß Vollmacht, murmelte der bleiche Notar, wenigstens das Haus mußte er stehenlassen.

Noch am selben Tag setzte ich es in den Liegenschaftsanzeiger und mußte es, solange ich Interessenten durch die Räume zu begleiten hatte, bewohnen. Den Preis setzte ich in der Höhe von Tante Idas Vermächtnis (zugunsten des christlichen Jerusalem) fest. Er war weniger als »vernünftig«, und eine Chance hatte nur, wer ihm wenigstens dieses Beiwort zugestand, auch wenn er dann unvermeidlich nach dem befürchteten »Haken« suchte. Ein Fluch liegt darauf, sonst nichts, erklärte ich wahrheitsgemäß und konnte dann zusehen, wie die Schnäppchengier wenigstens einige Herzschläge lang mit dem Aberglauben kämpfte. Am Ende schlug ich das Elternhaus einer Partei zu, die sich als »erweiterte Lebensgemeinschaft« verstand und sich keine Mühe gab, ihre Freude über meine geschäftliche Unschuld zu verhehlen. Ich überschrieb es ihr auf den 1. März.

Immerhin blieb Zeit genug, es zu räumen. Ich avisierte Fabien, daß sich meine Rückkehr verspätete. Vielleicht war der Krieg bis dahin vorbei.

Kommentarlos hatte ich allen Interessenten den Innenraum meiner Kindheit vorgeführt. Kaum einer verfehlte, die Krippe mit den Tonfiguren hinreißend zu finden, auf die man schon in der Eingangshalle stieß. Damit hoffte man wohl gut Wetter zu machen, denn in mir vermutete man den Künstler.

Aber ich sah die Figuren selbst zum ersten Mal, kannte nur den Kerzenengel, den meine Mutter schon in meiner Kindheit getöpfert hatte. Ihrem Haushaltsbuch, das sie bis zuletzt gewissenhaft führte, entnahm ich die Anschaffung von Ton und Werkzeug Anfang September, im Dezember die Quittung für das Brennen. Ihr sizilianischer Flieger hatte schon das Weite gesucht, sie war wieder allein. Und während ich Kisten zeichnete, formte sie Figuren.

Du kennst sie. Sie standen ohne Unterlage auf dem dunkel gebeizten Eichenparkett. Ich hob sie auf den Eßzimmertisch und betrachtete sie bei Licht. Das Gesicht des Kerzenengels nahm unter der Biedermeierleuchte einen grausamen Zug an. War es nicht das Gesicht Alexanders mit den Lippen der Meduse und der aufgeworfenen Tolle Elvis Presleys? Plötzlich war es grotesk, daß er seine Hände um eine Kerze faltete, als wäre er ein Chorknabe.

Neben dieser Figur sahen die neuesten wie der reine Friede aus. Marias tönernes Gesicht ist das Ebenbild meiner Mutter als Kind. In ihr ist sie zu ihrer Puppengestalt zurückgekehrt. Ich kam nicht auf den Gedanken, sie von ihrem Sitzblock zu heben und umzudrehen, um die Initialen zu bemerken. Das Gesicht das Krippenkindes ist nicht ausgeführt, und der kleine kniende Engel ist nur das Bild eines Engels. Vielleicht sieht er dem Kind ähnlich, das sich Mutter an meiner Stelle gewünscht hätte. Die Züge des Kindsvaters hätte ich für diejenigen Manuels halten können, bis ich in der Fotosammlung meiner Mutter auf mein eigenes Porträt stieß. Als Religionsstudent hatte ich dieses Bärtchen getragen. Sonst kommt in der Krippe kein Kummer-Gesicht vor.

So viele Bilder es von meinem Vater gibt: Mutter, als Fotografin zu vielem bereit, hat keines davon selbst geschossen, auch nicht das nationalrätliche, das sie vom Nachttisch genommen und mir zum Entsorgen überlassen hat. Zeitungsausschnitte über Vater, Todesanzeigen, Nachrufe, Kondolenzschreiben, auch ein französisch verfaßtes mit dem Briefkopf des damaligen Bundespräsidenten, hat sie in einer mit grauer Seide bespannten Schachtel gesammelt, darunter auch eine Bleistiftzeichnung meines Vaters im Tode: das feierliche Kaspergesicht. Ob er zum Schlaganfall ein Präservativ getragen hat?

Du hast, außer dem Spielzeug von gestern, noch nicht viel wegzuwerfen, darum schweige ich von den vielen Dutzend grauer Säcke, die ich auf die Straße stellte, jeweils so knapp vor Eintreffen der Müllabfuhr, daß Plünderer keine Gelegenheit bekamen, sich zu bedienen. Keine Rumänin sollte Mutters Seidenkleider austragen ... Auch von den Tagen und Nächten will ich nicht reden, die ich in allen Zimmern des Hauses, namentlich im ehemaligen Elternschlafzimmer, damit zubrachte, diese Säcke zu stopfen. Apparate, Küchengerät, Werkzeug, Besteck, auch den Flügel und das Familiensilber ließ ich, wie mit den Käufern vereinbart, stehen oder liegen. Zweimal habe ich gestutzt: vor einer Polaroid-Kamera und vor einem exklusiven Rasierwasser im Badezimmerschrank, an dem ich roch wie zuvor an Mutters Wäsche. Sonst hatte sie alle Spuren von Anteo getilgt und auch unter ihren Schriftstücken gründlich aufgeräumt. Es fand sich kein einziger Brief mehr, auch keiner von denen, die ich ihr etwa aus dem Urlaub oder Militärdienst geschrieben hatte. Vor dem Kamin ganze Arbeit zu leisten muß Mutter Zeit und Mühe gekostet haben, denn Papier kann man nur Blatt für Blatt zuverlässig verbrennen. Am Ende hat sie die Feuerstelle gründlich saubergemacht wie keinen anderen Fleck im Haus.

Ihren Schmuck habe ich schätzen lassen und beim Juwelier versilbert, bis auf eine Brosche aus Platin, die unverkennbar von Magda gefertigt war: sie wanderte später, mit der ganzen Krippe zusammen, in einen Tresor der Bank, bei der mein Geld stand beziehungsweise, wie die Werbung versprach, »arbeitete«. In der Küche stieß ich auf einen gefüllten Kühlschrank, der viele meiner Leibspeisen enthielt, unter anderen Joghurt des Typs, den ich gemocht und seit Jahren nicht mehr angerührt hatte. »Wenn mich einer versteht, dann Josef« – sie hat für ihn vorzusorgen versucht. Woher sollte sie wissen, daß er nicht mehr derselbe war?

Sie hatte die »Bibliothek« meines Vaters – er hat sie in meiner Erinnerung nie berührt – schon vor Jahren der Oberländer Gemeinde gestiftet, aus welcher sich die Kummers herschrieben. Dort war man inzwischen stolz, einen Nationalrat besessen zu haben. Darüber hinaus waren kaum noch Bücher angeschafft worden. Meine Eltern waren keine Leser. Wenn Vater ausnahmsweise zu Hause war, benützten sie den Fernseher dazu, einander nichts zu sagen.

In meinem alten Dachzimmer standen sie in Reichweite, die Bücher meiner ersten Lesejahre, mit Erfahrungen auf jeder Seite, geheimnisvoller als der Text selbst. Beim Lampenschein waren sie darin immer noch aufzustöbern. Ich versenkte mich zum letzten Mal hinein, und auch mein Kinderbett, das ich jetzt selbst bezogen hatte, hütete noch einen Rest vergangener Wärme. Ich schloß die Augen und lauschte auf das Klopfen der Heizung, das Rütteln eines Ladens: auch die Hausgeräusche wußten noch etwas von mir. Oft trieb mich die Unruhe wieder aus dem Bett. Ohne

Licht zu machen, schlich ich im Morgenrock meines Vaters die Treppe hinunter und zählte das vertraute Knarren jeder Stufe mit. Dann setzte ich mich in der »Halle« bei schwachem Straßenlicht, das durch das hohe Fenster fiel, vor die Krippe aus Ton, strich ein Streichholz an und entzündete damit die Kerze, die der Engel in beiden Händen hielt. Das grausam gewordene Gesicht sah ich nicht an, aber die Tiere zeigten mir das ihre zum ersten Mal, der wohlgeratene Esel, die beiden Schafe, die Mutter nach Buchvorlagen modelliert hatte. Tränen vervielfältigten das Kerzenlicht in meinen Augen und woben ein Geflecht von Licht durch den unabsehbar gewordenen Raum. Warum, Mutter, hast du in deiner letzten Nacht den Wecker gestellt? Hast du gefürchtet, deinen Tod zu verschlafen?

17

Ich las mein Elternhaus zu Ende wie ein Buch, das zu lange im Wasser gelegen hat. Nicht mehr alle Seiten waren zu entziffern, manche nicht mehr zu trennen, aber ich riß sie heraus, eine nach der andern. Allmählich ging auch der Vorrat zur Neige, den Mutter im Kühlschrank angelegt hatte. Wenn ich jetzt essen wollte, mußte ich das Haus verlassen. Im Innern der Stadt hörte ich von weitem die Fastnacht lärmen, eine Trommel pochen. Über den grauen, wie von Schimmel gefleckten Asphalt wehten hauchdünne Säume von Schnee. War es Tag oder Nacht? Auf einmal stand ich vor der »Raute«, aus der das Grölen vieler Stimmen auf die Straße drang. »Schatz, mach noch einmal die Bewegung, halb war es Liebe, halb Erregung«; unwillkürlich pfiff ich Oskars Gassenhauer mit. Als ich mein Gesicht gegen das Glas drückte, sah ich den Tisch in der Ecke besetzt. Da saßen sie noch, als wäre ich nie fortgewesen, einige mit Larven vor dem Gesicht, andere gealtert, doch gleich zu erkennen: die Apostel und ein Mann im weißen Vollbart. Als er, um zu trinken, die Nikolausmaske hob, glaubte ich Mund und Kinn Oskars gesehen zu haben. War es möglich, daß der Weißclown mit dem Kegelhut, der ihm den Arm um die Schulter gelegt hatte und ein violettes Mündchen spitzte, Magda war, meine Verlobte? Als ich mit den Augen den Ring an ihrem Finger suchte, zog jemand den Vorhang hinter der Scheibe zu. Ich trat auf die Straße zurück, und mein Hunger war einer unerklärlichen Erregung gewichen.

Blieb nur noch, mich für das Telegramm nach Kairo zu bedanken, ohne das ich den Tod meiner Mutter nicht erfahren hätte. Aber Oskar war nicht aufzufinden. Von dem Utopie-Projekt, für das er die Stelle in Kairo hatte fahrenlassen, schien auf dem Rathaus niemand etwas zu wissen, auch beim Meldeamt war seine Adresse unbekannt. In die »Raute« wollte ich um keinen Preis zurück, darum suchte ich seine Spur in der Gegend der alten Werkstatt. Doch als ich – nach unerklärlichen Verfehlungen des einst so geläufigen Wegs – am richtigen Ort stand, öffnete sich hier eine weitläufige Baugrube, in der gelbe Kettenbagger wie verkleinert herumfuhren und die Lehmwand fast zusehends höher wachsen ließen. Ein Horn tutete, wie für eine Sprengwarnung; behelmte Männer, ebenfalls sehr klein, sprangen aus den Fahrzeugen und sammelten sich in Gruppen, aus denen zu mir hinauf gedeutet wurde.

Ich wandte mich ab und ging langsam auf der Straße weiter, die ihr Ansehen völlig verändert hatte. Statt Baracken und Brandmauern zogen sich säuberlich aus den Wänden gehauene, noch leere Geschäftsräume hin, in denen gehämmert und geweißt, teilweise auch schon dekoriert wurde, ohne daß zu erkennen war, was denn in den gleichförmigen Schaufenstern zum Verkauf gelangen sollte. Eine verhuscht wirkende Frau im orangeroten Schal stürzte an mir vorbei, eine Zigarette in der Hand; war das nicht »Punkt«? Wir drehten uns im selben Augenblick nacheinander um und gingen dann zögernd aufeinander zu. Gut, daß ich dich sehe, sagte sie in ihrer rauhen Sprache, eigentlich ist es ja gar nicht gut. Ich habe etwas für dich. Können wir irgendwo reden?

Wenn du Zeit hast, gerne, sagte ich. Wir schwankten, wie wir weitergehen sollten, und wählten dann die erstbeste Richtung. Punkt warf die Zigarette weg, nachdem sie noch zweimal gierig daran gezogen hatte. Hier wird immerzu umgebaut, ununterbrochen, sagte sie, offensichtlich, nur um etwas zu sagen. Von unseren Lippen stiegen Atemwolken in die frostige Luft.

Hier? fragte ich. Wir standen vor der Empfangshalle eines undefinierten Unternehmens, doch im verglasten Vorbau standen Kantinenmöbel zusammengeschoben, und ein Kaffeeautomat an der Wand suggerierte die Vorstellung einer Frühstücksecke. Man sitzt hier aber wie ausgestellt, bemerkte ich. Wenigstens braucht man uns nicht zu hören, erwiderte Punkt, während sie sich die nächste Zigarette anzündete.

Die Tür war offen, der Raum ungeheizt, und so nahmen wir in Mänteln an einem der Resopal-Tischchen Platz, von dem ein junger Mann im Labormantel grollend ein paar Büroordner wegräumte. Der Kaffeeautomat erwies sich als Schrott, aber da einzelne Arbeiter mit Teetassen herumgingen, erkundigte ich mich, wo das Getränk zu beziehen war, und wurde in den Hintergrund des Raumes verwiesen. Hier stand auf einem halbdunklen Tisch eine

Reihe Thermoskrüge, und in den Gläsern davor hingen Beutel der geläufigsten Teemarken. Ich schenkte zwei Gläser voll und brachte sie an den Tisch, wo Punkt inzwischen den groben blauen Filzmantel um die Schultern gelockert hatte und zwischen den Strähnen des Strickschals das Oberteil ihres hochgeschlossenen Pullovers sehen ließ. Auf Busenhöhe saß Magdas Brosche mit dem stilisierten Wasserfall.

Du wirkst jünger, sagte Punkt unfreundlich.

Eben wollte ich dir dasselbe sagen, erwiderte ich und hoffte nur, sie habe nicht ebenso kraß gelogen. Über ihrem durchsichtig gewordenen Scheitel kräuselten sich ungepflegte graue Haare. Sie hatte den Tee hörbar zu schlürfen begonnen, mit der Unachtsamkeit eines Menschen, der allein ist.

Eine schöne Brosche, sagte ich.

Es dauerte lange, bis sie an sich selbst heruntersah. Ach die, sagte sie, die ist noch von Beats Musikfest.

Magda hat sie entworfen.

Wenn du meinst, bemerkte sie gleichmütig und drückte die Zigarette auf dem Resopal aus, um auf der Stelle die nächste aus der Packung zu klopfen. Wir saßen unter dem Rohbau einer Wendeltreppe. Alle Augenblicke klöpfelten Absätze dicht über unseren Köpfen.

Immer noch die alte Marke, sagte ich.

Bedien dich, sagte sie.

Ich schüttelte den Kopf. Was ist aus Oskars Utopie-Ausstellung geworden? fragte ich.

Aus was? fragte sie, im Ton vertrauter Unverschämtheit. Ihre geschwollenen Finger spielten schon mit der nächsten Zigarette.

Die er veranstalten wollte, für den OB, zum 1000jährigen Stadtjubiläum, soufflierte ich. Es war ihm so wichtig, daß er nicht mehr nach Ägypten gehen wollte. Ich bin für ihn gegangen.

Für den OB, lachte sie, und die Erschütterung löste den Husten der Gewohnheitsraucherin aus. Utopie-Ausstellung nannte er das also. Sie räusperte sich krachend. Du hättest nicht nach Ägypten gehen sollen, Josef.

Warum nicht?

Warum nicht? äffte sie mich nach. Weil Oskar wohl ein ganz anderes Projekt hatte. Vögeln wollte er, deine Magda vögeln. »Befreiungsarbeit« nannte er das.

Da ich schwieg, hustete sie noch eine Weile ungestört, steckte sich die nächste Zigarette an und fuhr mit nassen Augen fort.

Reihum haben sie Magda gevögelt, deine Apostel, der Bildhauer auch, und natürlich der Cellist. Der soll am besten gewesen sein, sagte sie. Er hinkt ja auch und kann nicht sehen.

Und Manuel? fragte ich.

Wer soll das sein?

Der mit dem Mongolenbart, der so gut schweigen konnte. Magda hielt große Stücke auf ihn.

Ich weiß nicht, von wem du redest, sagte Punkt. Aber ein Stück ist sie, das ist wahr, und nur Gott weiß, mit wem sie es getrieben hat.

Sieht ihr nicht ähnlich, sagte ich, sie war doch prüde.

So kann man sich täuschen, sagte sie, und ihre Bronchien rasselten. Du nimmst es ja locker. Seid ihr nicht mehr verlobt?

Befreiungsarbeit, sagte ich, wie geht das?

Wie ein Frontbordell, sagte sie mit zusammengezogenen Brauen, dabei wippte die nächste Zigarette an ihren Lippen. Immer der Reihe nach, so geht das. Die Herren stehen Schlange, und sie hält ihnen den Hintern hin. Dann gehen sie drüber, und wenn der letzte fertig ist, darf der erste noch mal. Wenn er kann. Aber Zuschauen macht scharf, habe ich gehört.

Hast du gehört, sagte ich, doch dabei warst du nicht.

Ich bin zivilisiert, wie du weißt, sagte sie, und Magda war immer zu speziell für mich. Ich mache auch keine Kunst mehr. Es reicht mir.

Und vom Sex hast du auch genug? fragte ich und schwenkte den Teebeutel im Glas.

Ein Lachhusten schüttelte sie. Wenn das ein Angebot war, sagte sie, müßtest du es verführerischer gestalten. Die letzten Worte sprach sie mit gezierter Dehnung aus.

Und was hatte Oskar mit Magda zu tun? fragte ich.

Frag mich nicht, sagte Punkt, bei Oskar wird jedes Puff zur Performance. Magda wird gestaltet, und dabei liegt ihr Gesicht in seinem Schoß. Was es dort zu suchen hat, kann ich mir gar nicht vorstellen.

Das hat dir Magda selbst erzählt, sagte ich.

Die erzählt mir nichts, sagte Punkt triumphierend und zog den Rauch in die Lunge. Prüde, wie sie ist. Aber ich sitze noch immer an fließenden Quellen.

Trüben Quellen, sagte ich.

Klar, lachte sie, leben ist trübe, Joseph, alle blasen wir Trübsal.

Wolltest du mir nicht etwas sagen?

Eigentlich war's das schon, sagte sie. Reicht es dir nicht?

Ich lebe so anderswo, sagte ich.

Wie immer, und jetzt in Ägypten, sagt man.

Das sagt man nicht nur. Ich habe nicht einmal mehr Magdas Adresse.

Und da soll ich sie dir geben, sagte Punkt und hustete abscheulich.

Wenn es dir nichts ausmacht.

Mir macht nur Rauchen etwas aus. Du blickst verhungert in die Welt, Wüstensohn.

Eigentlich habe ich Oskar gesucht.

Den Stellvertreter, sagte sie. Den Genie-Klon. Das Originalferkel Oskar. Wenn du zu Magda gehst, müßte sie den Mund auftun. Aber vielleicht geht ihr das schon etwas weit, delikat wie sie ist. Offener Mund macht Durchzug.

Sie war einmal deine Freundin, sagte ich.

Das kann inzwischen jeder sagen, lachte sie, und du gleich noch mal.

Sie kramte ein Büchlein aus ihrem Lederbeutel, blätterte darin und riß eine Seite heraus.

Magdas Adresse, sagte sie, dafür setze ich keine Brille mehr auf. Mach's gnädig.

Wir verabschiedeten uns.

Dabei, John, hätte es sein Bewenden haben können, wenn nicht etwas dazwischengekommen wäre. Ich ging nach Hause. Unterdessen war es nicht mehr mein Haus. Unbekannte Leute gingen aus und ein. Mein Kinderzimmer war von neuen Kindern belegt. Zwei kleine Mädchen kreischten um den älteren Bruder herum, der, die Finger in den Ohren, auf dem Bett lag und Gullivers Reisen las, meine Jugendversion. Abends gehörte das Bett wieder mir, noch dreimal schlafen, dann flog ich nach Kairo zurück. Das Ticket hatte ich schon in der Tasche. Auch die Reiseschecks waren bestellt und anderntags zum Abholen bereit.

Als ich das Elternschlafzimmer betrat, waren die neuen Eigentümer mit seinem Umbau beschäftigt. Eine Blondine, deren langes Haar wie ein Vorhang über ihr Gesicht fiel, fuhr mit Mutters Staubsauger krachend in alle Ecken. Bei dem Lärm war der junge Mann nicht zu verstehen, als er mir einen Umschlag reichte. Das haben wir unter dem

Bett gefunden, wiederholte er, lauter schreiend, die Kinder sehen es besser nicht.

Er schirmte mich ab, als ich den Umschlag gegen das Fensterlicht hielt und ihm das Polaroidfoto eines bärtigen jungen Mannes entnahm. Er lag nackt auf Mutters Bettdecke und hatte, wie ein Caesar, zwei Finger der rechten Hand erhoben. Mit der linken hielt er den dunklen Knebel in seinem Schoß fest, den man auf den ersten Blick gar nicht für ein Glied des schmächtigen Körpers gehalten hätte. Sonst war an dem Mann nichts Unverschämtes. Man hätte das Lächeln, mit dem er in die Kamera blickte, schüchtern nennen können. Die Oberfläche des Bildes wirkte verschmiert. Als ich es schräg zum Licht hielt, las ich mit Lippenstift geschrieben: VIENI CARO VIENI. Über die ungelenken Großbuchstaben waren i-Punkte gesetzt.

Ich hob die Augen, da blickte mich aus dem Gesicht des Menschen, der den Kaufvertrag über das Elternhaus unterschrieben hatte, ein hämisches Einverständnis an.

Ich legte das Foto offen auf den Tisch. Der Staubsauger war verstummt. Ich bin lange weggewesen, erklärte ich beherrscht, damit habe ich nichts zu tun.

18

Es war noch nicht fünf Uhr, als ich das Haus verließ. Auf der Straße wehte mich eine für die Jahreszeit ungewohnte Wärme an, ein Föhneinbruch hatte den Himmel hellblau gefegt und ließ an einen unzeitigen Frühling denken. Unterwegs versuchte ich jede Straßenecke, jeden kahlen Baum mit Abschiedsaugen zu sehen.

Die Lichter, denen ich auf dem Weg in die Stadt begegnete, beschleunigten die Dämmerung. Als ich die Schanze mit dem Blick über die Altstadt erreicht hatte, war der Himmel schwarz, bis auf einen unwirklich gelben Streifen am Horizont. Ich sah zu, wie er zugleich heller und fahler wurde, und setzte mich auf die steinerne Brüstung. Die Terrasse eröffnete den bekannten Blick über Stadt und Hügel bis zum klar gezeichneten Hochgebirge, das der Föhn, wie glashelle Glut, noch einmal anzufachen schien, bevor es in undurchsichtiger Entfernung erlosch. Die Kälte des Steins schlich mir durch Fleisch und Bein, doch ich blieb sitzen, hörte eine Glocke läuten, dann die nächste, und immer mehr, bis die Stadt in einem Klangmeer zu brausen schien. Dann ging ich mit erstarrten Gliedern über die Treppe in die innere Stadt hinunter und konnte zu gehen nicht aufhören. Das Haus, vor dem ich schließlich stehenblieb, war dunkel, bis auf einen schwachen Schein im Hochparterre; aus seinem Zittern hinter der grobmaschigen Gardine schloß ich auf Kerzenlicht.

Die Haustür war nicht verschlossen. Hinter der Wohnungstür war der Ton eines Cellos zu hören. Ich klopfte, lauter, ergebnislos. Da trat ich ein, und lief gegen Magda, die hatte öffnen wollen.

Ich habe gedacht, du wolltest doch einmal kommen, Josef, sagte sie. Mein Körper verdunkelte ihr Gesicht, in dem ihre Augen nur zu erraten waren. Erst als sie zurücktrat, fiel das Treppenhauslicht auf ihre Figur, die ich so hager nicht in Erinnerung hatte. Das Lächeln war angestrengt, das ihre fliederfarben geschminkten Lippen bildeten. Sie trug einen stahlgrauen Arbeitsmantel, vorne offen auf ein gleichfarbiges Kleid, in dem sich unübersehbar ein gerundeter Bauch wölbte.

Beat hier? fragte ich.

Ich höre seine Platte.

Bach, sagte ich. Weißt du, von wem du schwanger bist?

Bitte komm herein.

Das Zimmer war so aufgeräumt, daß es leer wirkte. Auf dem Glastisch brannte eine schwarze Kerze, daneben standen Schälchen mit Gebäck. Die Kochnische war von einem halb durchsichtigen Behang, einem Wasserfall, verdeckt, der teils aus groben Hanfschnüren, teils aus Silberfäden gewirkt war. Durch die angelehnte Nebentür war das Ende eines schmalen Betts zu erkennen.

Setz dich, Josef, sagte sie, hast du es lieber ohne Musik?

Sie beugte sich über ihr Klangmöbel und schien es lange studieren zu müssen, bis das Cello verstummte. Die elektronische Anzeige fuhr zu hüpfen fort, während sie in ihrer Stellung verharrte. Der Mantel gab ihre Kniekehlen frei; sie war barfuß.

Ich hatte mich auf den Lederhocker gesetzt und blies die Kerze aus.

Die Verdunkelung dauerte nur kurz. Bald traten, im Straßenlicht, die Gegenstände im Raum wieder deutlich hervor.

Magda hatte sich aufgerichtet. Wir schwiegen.

Du trägst den Ring ja immer noch, sagte ich.

Du auch, antwortete sie.

Sag mir nur eins: Hast du ihn auch zum Vögeln getragen?

Josef, sagte sie. Immer, wenn sie um eine Antwort verlegen war, nannte sie mich beim Namen.

Du warst nicht treu, sagte ich.

Josef, sagte sie. Ihre Beine schimmerten im Halbdunkel wie faules Holz. Du weißt, was mir gefehlt hat. Das weißt du am besten.

Jetzt hast du's, sagte ich. Jeder Hund hat seine Rute in dich hineingesteckt.

Josef, sagte sie mitleidig.

Dafür mußte ich nach Ägypten. Damit du es treiben konntest, mit diesem Ring an der Hand. Und jetzt würdest du es sogar mit mir treiben.

Nein, sagte sie.

Jetzt nicht, ergänzte ich. Nicht jetzt. Das hast du immer gesagt, von Anfang an, Tag für Tag, Monat für Monat, Jahr für Jahr.

Ich wollte nicht, sagte sie.

Ich liebe dich, hast du gesagt.

Damals waren wir Kinder, Josef.

Und jetzt? fragte ich.

Du bist immer noch ein Kind, sagte sie und lächelte.

Sie kam herüber und stand so dicht vor mir, daß ihr Bauch an meine Stirn rührte.

Josef, sagte sie, bevor wir uns verlobten, hast du gedacht, daß ich schon jemandes Geliebte war. Es hat dich nicht gestört. Dafür hatte ich dich lieb. Ich habe geglaubt, daß du gut bist, so gut.

Mir schien, sie habe jetzt viel mehr Gewicht gegen meinen Kopf gelehnt. Und auf einmal schüttelte ich mich nur noch, ich schüttelte Magda, und meine Erinnerung zerreißt in grelle Fetzen.

Auf einem Fetzen sehe ich ihr Gesicht mit aufgerissenen Augen. Ihr runder Mund bildet immer denselben Laut: O-U. O-U. Und dann kleiner und schneller: Ou ou ou.

Das klingt nicht nach Schmerz. Nach Unglauben. Staunen bis zum Stumpfsinn.

So gut. So gut.

Ein anderer Fetzen: ihr Mund ist nicht wiederzuerkennen. Ein verwaschenes Maul mit breitgezogenen Lefzen, schmunzelnd, schnalzend, augenlos.

Der nächste Mund ist wieder prall und straff, nur noch Sperre. Eine Zunge ist kein Brecheisen. Aber sie will, aber sie drückt und wütet, Zunge muß zu Zunge, dafür spaltet sie auch ein Gebiß. Schließlich gähnt die Höhle nur noch und muß bis auf den Grund ausgewaschen sein. Da sind auch die Augen wieder, aufgerissen, als wollten sie springen. Aber sie wandern nur, hierhin und dorthin, und schielen nach einer fernen Musik, dem Cello, das streicht und streicht.

Wie kann ein Gesicht so verkehrt sein? Wunderaugen sitzen aufgesperrt unter einem schwarzen Karpfenmund, der nach Luft schnappt, dabei krümmen sich seine Winkel töricht lustig aufwärts. Die untere Lippe ist herzförmig, die obere entblößt eine Reihe gleichmäßiger, rechthaberischer Zähne. Das Kinn stößt als kleine stumpfe Stirn in die Luft, daran windet sich ein dicker Hals, und am Hals zappelt ein ganzer Leib.

Wie muß man einen Menschen festhalten, um ihn so zu sehen?

Vieni cara vieni

Einmal kommt die Kerze ins Spiel. Damit ist kein Kußmaul zu stopfen, aber ein Breitmaul. Schluck und friß, du stirbst nicht daran. Was ist der Durchmesser einer Kerze gegen einen Kindskopf.

Das Kind soll nicht sein. Nie wieder.

Lieber John – es fällt mir schwer, an dieser Stelle deinen Namen zu nennen. Aber du hast meinen Schrei gehört, und ich habe auf einen Zeugen gewartet für diesen Augenblick, der nicht vergeht.

Nach der Kerze war ich selber drin, John, und dachte nicht mehr daran, gut zu sein, so gut. Nur noch drin war ich, wäre gern immer weiter gedrungen, und immer noch weiter, bis von mir nichts mehr zu sehen war. Was sollte das Kind in ihrem Leib! An diesen Platz gehörte ich. Aber wieder geboren werden: nein.

Jetzt fühle ich die Zeit abfließen wie Spülwasser, während sich der Raum ringsum wieder herzurichten beginnt. Ich erkenne ihn nicht. Es zeigt sich, daß wir im Nebenzimmer gelandet sind, auf einem Schaffell hinter dem Bett. Wo ich hinfasse, ist alles naß. Wir? Aber ich bin allein.

Magda? rief ich halblaut.

Keine Antwort, aber Schritte im Nebenzimmer. Dann stand sie in der Tür, diesmal in einem schwarzen Kleid von chinesischem Schnitt, mit kleinem Stehkragen. Sie hatte das Haar zu einem Pferdeschwanz aufgebunden und die Lippen nachgezogen. Du bist gar nicht mehr artig, sagte sie. Aber jetzt ziehst du dich besser an. Ich erwarte noch Besuch.

Wann? fragte ich bestürzt und hatte doch wen? oder lieber gar nichts sagen wollen. Sie wandte sich ab, und aus dem Wohnzimmer hörte ich: Beat hat Konzert, danach kommt er vorbei, gegen elf vielleicht. Du kannst gerne bleiben. Und nach kurzer Pause: Eigentlich hätte ich seine erste Platte hören wollen. Erlaubst du, daß ich sie anstelle?

Sie hatte keine Erlaubnis abgewartet, denn schon herrschten die kräftigen Striche eines Largos in der kleinen Wohnung.

Ich habe dir also die Zeit gestohlen, sagte ich und stand jetzt unter der Tür.

Nimm's nicht zu genau, lächelte sie abwesend.

Sieh mich an, sagte ich.

Du frierst, sagte sie über die Schulter, ein Grund mehr, daß du dich anziehst.

Ich sah Magda vor dem Wasserfallteppich, und im nächsten Augenblick ihre aufgerissenen Augen dicht vor meinem Gesicht. Ihre Arme sperren sich gegen meine Brust, ihre Finger, dann ihre Nägel, sie fahren in mein Gesicht. Aber je stärker ich sie presse, desto weniger spüre ich Schmerz. Mag sie abreißen, was an mir nicht nagelfest ist. Ich brauche keine Hand auf ihren Mund zu legen, nur festzuhalten und zu pressen, immer fester. Jetzt fallen die Marternägel von mir ab, und das Gewicht, das sich gesperrt hatte, erschlafft.

Hör auf, bitte! sagt sie leise.

Nein.

Ich möchte nicht um Hilfe schreien.

Dann tu's nicht, sage ich, trage sie, ohne daß sie widersteht, ins Schlafzimmer zurück und lege sie auf das Bett. Sie atmet mit weit offenen Augen, kurz und hastig, und sieht mich nicht an. Was willst du denn noch, fragt sie, es war ja gut.

Ich will, daß du mich siehst, sage ich. Sie hebt die Augen und seufzt, ich soll ihren Überdruß bemerken. *Dann sehe ich jetzt dich.* Ich öffne zwei Knöpfe über ihrem Bauch, greife mit beiden Händen in den Stoff und zerreiße das Kleid von oben bis unten. Die Knöpfe springen nach allen Seiten. Unter meinen Augen rundet sich der kleine straffe Bauch. Ich lege die Hände auf ihn.

Räuber, flüstert Magda. *Stiehl* dir, was du brauchst. So *stiehl* es doch. Sie drückt die Augen zu, und unter den Lidern dringt Wasser hervor. Sie schluckt, dann läßt sie den Mund offen. Ihr Gesicht wirkt weitläufig und roh. Mit beiden Armen greife ich hinter ihren Rücken, hebe sie an wie ein Kind zum Ankleiden und löse den Verschluß des Büstenhalters. Dann zerre ich den Schlüpfer von den Hüften, über Schenkel und Knie, über die Knöchel. Ihre Beine liegen wie ausgerenkt. Auf dem Schamhügel plustert sich eine kleine Hecke und zieht sich in zwei immer dünneren Säumen zu den erschöpft wirkenden Schamlippen hinab.

Magda zwinkert. In ihrem Gesicht erscheint ein Lächeln vollkommener Geringschätzung.

Und jetzt? fragt sie.

Der doppelte Bogenstrich aus dem Nebenzimmer. Hätte sie mir in die Augen gesehen, ich hätte aufstehen können und gehen. Doch sie hat den Kopf zur Seite gelegt, als gäbe es nichts weiter zu sagen. Ihr blanker Hohn ist nur noch gegen die Wand gesprochen. Zugleich hat sie das eine Bein so weit über die Kante sinken lassen, daß ich das tödliche Lächeln auch zwischen ihren Beinen sehe.

An ihrem Hals hüpft eine Ader, ich lege die Lippen darauf und setze ein Knie auf ihre Schenkel. Ihre Hand streicht über meinen Bauch und nestelt wie von ungefähr an meinem Glied. Ja, sie ist eine Hure. Da packe ich ihre Handgelenke, die noch in den engen Kleidärmeln stecken, und breite ihre Arme weit auseinander. Als ich loslasse, bleibt Magda liegen wie eine Puppe. Als ich gegen ihren Bauch schlage, will sie sich aufrichten. Ich schwinge mich über ihren Kopf hinweg und drücke ihr die Oberarme nieder, die ich mit beiden Knien kneble. Ich bücke mich über sie und hämmere meine Stirn gegen ihren Bauch. Sie windet sich, aber gegen mein Gewicht kommt sie nicht an, und ich schlage immer wieder zu. Sie schnappt nach meinem Unterleib, aber ich presse ihn gegen ihr Gesicht und ramme den Schädel gegen die zuckende Wand aus Fleisch, immer wieder, unermüdlich. Ihre Zähne reißen an meinem Fleisch, aber es bleibt taub. Schreien kann ich lauter, wenn geschrien sein muß, in die Stimme des Cellos hinein, die ungerührt ihre Schleifen zieht. Solange es weiter singt, muß ich schlagen.

Ich schrecke erst auf, als sich nichts mehr rührt. Auch das Instrument nebenan ist verstummt. Schritte draußen auf dem Trottoir; sie scheinen innezuhalten, dann gehen sie weiter.

Ich hocke auf dem Bett und habe ein verkehrtes Gesicht im Schoß; die nach oben gekrümmte Hasenlefze grinst mich an. Den Augen, die abwesend und halb geschlossen in glatten Lidbeuteln schwimmen, ist anzusehen, daß sie träumen, verlorene Träume. Weiß ich denn selbst, was ich hier verloren habe, nackt, wie ich bin? Ich brauche nur daran zu denken, schon beginne ich zu frieren. Zitternd sitze ich in großer Leere und höre eine gleichmütige Stimme sagen: Es ist vollbracht.

Ach was, schluchze ich.

19

Lieber John: der Augenblick, der nicht vergehen kann, hat mich wieder. Und ich weiß nicht, wie ich ihn falten und in einen Brief stecken soll, den du in zwanzig Jahren liest – vielleicht. Die Hälfte meines Lebens steht darin, sie wurde in jenem Augenblick ausgeleert, und ich war sicher, daß es das ganze war. Was damals verlorenging, war weiter nichts als Ich. Aber ich hielt es für die Welt, denn ich hatte keine andere.

Mach doch kein Drama, Alter, kann ich dich sagen hören, deine komische Jugendliebe ist gestorben, ja, aber im vergangenen Sommer, bald vierzig Jahre später, uralt geworden, fast so alt wie du.

Ob du, mit sechsundzwanzig, ein Wort wie Jugendliebe brauchst?

Hättest du auch nur eine Stunde deines Lebens in diese Magda investiert? Aber wenn du schon mal ausgeflippt wärst – mindestens einen Arzt hättest du gerufen, oder nicht? Und hinterher ein paar Blumen geschickt, um zu zeigen: ein Stinker bist du nicht. Was du auf keinen Fall getan hättest: den Kopf in den Sand stecken und vierzig Jahre darin steckenlassen.

Stimmt, John – zwar weiß ich nicht, ob in zwanzig Jahren jemand noch so redet. Aber so, oder so ähnlich, habe ich selber reden gelernt, sonst hätte ich mein Glück nicht gemacht. Und dann gäbe es dich nicht einmal. Ich mußte ihn noch kennenlernen, den Lauf der Welt. Und der fing zuerst mit blinder Flucht an – es war niemand mehr da, den ich dafür um Erlaubnis fragen konnte. Vom Lauf der übrigen Welt hatte ich keine Ahnung, meine eigene hatte ich getötet. Selbst zu gehen, war mein einziger Weg. Ich ging einfach, und das Einfachste war dann so über alles Erwarten anders, daß meiner Erwartung nichts übrigblieb, als unterwegs abzusterben. Ich wunderte mich selbst, daß ich von einem Tag zum nächsten, jede Stunde, sogar jeden Augenblick zu leben fortfuhr.

Als ich ankam, war ich wieder in Ägypten. Aber »wieder« ist nicht das rechte Wort. Ich war auch nicht einfach zu mir gekommen, nachdem ich den längsten Teil meiner Jugend außer mir gewesen war. Ich kam zur Sache und fragte nicht mehr, ob es auch meine war. Und plötzlich fügte sich die Welt, die mich nicht mehr sonderlich kümmerte, wie von selbst ineinander.

Glaube nur nicht, daß ich dir aus dieser Reise ein Geheimnis machen will. Doch für jeden Menschen ist das Geheimnis ein anderes. Und da meine Erfahrung für dich nicht gelten muß, behalte ich sie für mich. Nur so viel: hätte ich das Flugticket verwendet, wäre ich nie angekommen. Die Maschine, auf die ich gebucht war, ist abgestürzt, irrtümlich vom Himmel geholt, weil eine Kriegspartei, oder die andere, sie als Feindflugzeug ausgemacht hatte. Auch dieser Krieg, längst herbeigefürchtet, endlich ausgebrochen, war schon vorbei, zeitweilig beigelegt, als ich in Istanbul von ihm reden hörte. Ich hatte ihn nicht verschlafen, John, ich war an ihm vorbeigewandert. Es ist, wenn man sich an eine bestimmte Gangart hält, leichter möglich, als man denkt, unter der jeweils geltenden Nachrichtenlage durchzuschlüpfen. Sie geht spurlos an dir vorüber, wenn du aufgehört hast, die Sprache der Leute zu verstehen, und an keinem Kiosk stehenbleibst, um Bilder zu betrachten und an Schlagzeilen zu rätseln.

Natürlich zappeln entfernte Ereignisse auch in der Ecke jeder kroatischen oder mazedonischen Gastwirtschaft, in der du dich an einen Tisch gesetzt hast. Aber da ist es schon natürlich geworden, daß sie dir nichts sagen. Was gilt, sind Sachen, die dir selbst begegnet sind. Und die Menschen, die dazugehören, sind die Nachricht, auf die du gewartet hast. Ihren Tonarten und Gesten habe ich immer nur das Notdürftige für eine Tagreise entnehmen können. Über Kriege, die sie am Fernseher betrachteten, habe ich nichts erfahren, wohl aber, glaube ich, dies und das über den Krieg, für den sich ihre Augen beim Fernsehen gerüstet haben. Morgen schon konnten sie übereinander herfallen. Heute aber kam ich noch unbeschadet bis ins nächste Dorf.

So brannten immer Städte, fielen Bomben, flohen Menschenzüge, verhungerten Kinder, nur nicht gerade auf der Strecke, die ich gegangen bin, anfangs zu Fuß, später mit einem ausgemusterten Militärfahrrad, das ich mir in Slowenien mit Waldarbeit verdient habe. So kam von Tag zu

Tag auch mein Lebensunterhalt zusammen, und ich konnte mir die nötigsten Kleider anziehen, denn als ich von meiner Toten weglief, hatte ich den Paß, aber kein Geld bei mir, und es war damals kein Gedanke daran, die Öffnung der Bankschalter abzuwarten. Auch nach Hause – wo wäre das gewesen? – kehrte ich nicht zurück. Es reichte mir eben noch auf den Nachtzug nach Wien, wo ich mich für eine unbestimmte Zeit ans Fenster eines Schlafwagens stellte, während die nächtliche Gegend gelassen an mir vorbeizog. Über die Grenze blieb ich unbehelligt, als wäre da, wo ich stand, niemand zu sehen. Im Morgengrauen kam der Zug auf offener Strecke zum Stehen, so daß ich abspringen konnte. Dann ging ich den Rand eines gepflügten Ackers entlang immer weiter, bis die Sonne sich über die von Reif glitzernden Schollen erhob. Wo sie aufging, war die Richtung meiner Reise, und ich wäre, wenn ich mir ein genaueres Ziel gesteckt hätte, nicht weit gekommen. Aber da mich mein Leben nicht kümmerte, ließ ich mich Tag für Tag in fremde Hände fallen. Hätte ich mich gefürchtet, wären sie nichts als fremd geblieben und hätten sich gegen mich bewaffnet. So aber reichten sie mich, mit dem Nötigsten für den nächsten Tag, die kommende Nacht versehen, immer weiter. Merkwürdig, was Leute, deren Sprache man nicht versteht, übrig haben für einen Menschen, von dem selbst nicht viel mehr übrig ist als Hunger, Durst und Müdigkeit.

Ich bin noch im Winter fortgegangen, aber im Rückblick scheint mir, daß ich mit jedem Schritt weniger gefroren habe. Selbst den Paß habe ich selten gebraucht. Nur die damals noch undurchdringliche Grenze des Ostblocks mußte ich vermeiden. Ich habe von ihr aber auch profitiert, denn man hat mich oft für einen Flüchtling gehalten und sehen können, wenn ich nicht mehr verdächtig war, daß man sich nicht sehr getäuscht hatte. Als mir die Uhr gestohlen wurde, entbehrte ich sie kaum. In Stunden maß ich meine Zeit nicht mehr, kaum noch in Tagen. Und die Augenblicke, aus denen sie bestand, mußten so wenig gemessen sein wie die Witterung oder die Jahreszeit, die meinem Fortkommen günstiger wurde. Konnte ich einmal etwas Gedrucktes lesen, tat ich es mit der Verwunderung dessen, für den das Datum keine Rolle spielt. Die Zeitung von heute, mit der ich nachts die Schuhe stopfte, war ebenso immerwährend wie gleichgültig, denn was sie gestern berichtet hatte, war nicht weniger wahr gewesen und würde auch morgen nicht zutreffen. Es handelte auf einem andern Stern, demjenigen der Wörter. Was ich lesen lernen mußte, waren Gesichter. Und da ich auch den bedenklichsten davongekommen bin, werde ich entweder lernfähig gewesen sein oder viel Glück gehabt haben.

Dein Vater, früh in fremde Wörter verliebt wie du, weiß eins für die rettende Mischung von Achtsamkeit und Zufall: *Serendipity*. Ein Prinzip ohne Prinzipien. Pierre will ihm auch Rachel verdankt haben und, da sie deine Mom geworden ist, dich selbst. Nach diesem Prinzip flickt sich das Leben durchs Leben, nach ihm kommt es auf Weiße Elefanten, Trauerfliegenschnäpper und kleine Kinder. Bei den Flöchnern klingt das so, daß wir »geführt werden«, wie die Kuh zum Bullen – oder zur Schlachtbank. Wenn mir das Rezept heute zu schlicht, auch zu roh geworden ist, bin ich dafür Leuten in den ärmsten Ländern verpflichtet, wo ich ein anspruchsvolleres Menü kennengelernt habe.

Ja, John, diese Reise hat mich Schritt für Schritt vom Glauben meiner Väter entfernt, und doch hat sie mich ihre heiligen Länder betreten lassen. Und da (außer für die Phantasielosen) nichts endgültig ist, hat mir die oberste Verwaltung der *Serendipity* etwas von ihrer Weisheit ausgerechnet im Kloster gezeigt. Es stand im türkischen Urfa und schien in mehr als einem Sinn von Gott verlassen, denn es gab keine Kirche mehr, die es anerkannt hätte. Diejenige, der es einmal angehört hatte, der Baum des frei wachsenden östlichen Christentums, ist bis auf ein paar grüne Reiser abgestorben. Aber sie treiben, neben einem gefällten Stamm, unmittelbar aus einer noch immer mächtigen Wurzel.

In dieses Kloster, ein weitläufiges, doch verfallenes Gemäuer aus spätrömischer Zeit, wurde ich von meinem Gastgeber, einem barmherzigen Zuckerbäcker, übergeführt, das eine Mal, als ich auf der Reise ernsthaft erkrankt war. Er mochte dem verlorenen Heiden, der bei ihm mit Staubzucker hantieren lernte, etwas Gutes gönnen, in diesem Fall eine letzte Ölung, für die er sich als frommer Muslim nicht zuständig fühlte.

So kam es, daß ich auf einer vielleicht 1600 Jahre alten Krankenstation landete, die letztmals während der Kreuzzüge ordentlich floriert hatte. Als ich ins Alexis-Kloster eingeliefert wurde, bestand es nur noch aus drei Vätern, deren Alter hinter den stockfleckigen Bärten nicht mehr zu schätzen war. Daß der eine blind, der andere taub, der dritte stumm geworden war, ist diesmal beinahe keine Legende, doch ihre Schäden hatten sie erst zu Brüdern gemacht und die Beweglichkeit ihrer Seelen vergrößert. Der Stumme, dessen Heilkunde fast so alt war wie die Krankheiten des Menschen, salbte mich mit höllischem Harz und schwemmte mir die Eingeweide mit gallenbitteren Latwergen aus. Er sah an der Sterblichkeit vorbei, die mir aus allen Löchern starrte, und gab sich mit weniger als meiner Gesundheit nicht zufrieden. Wenn mir, als ich wieder kräftiger wurde, jede Stunde in diesen Mauern wie eine Ewigkeit erschien, sagte ich mir: sieh, mit wieviel Gleichmut die drei Alten ihr Stundenglas umkehren, durch das schon ganze Wüsten geronnen sind. Es soll dir auf eine Durststrecke mehr oder weniger auch nicht ankommen. Unter drei Monaten konnte es die arme Seele nicht tun, und sie war generös genug, dem elenden Leib noch drei dazuzugeben, denn sie brauchte viel Zeit zum Verdauen der Sätzchen, die mir der Blinde – er hieß Eutych – behutsam einlöffelte: »Was ist, geht nicht vorbei; was sein soll, wartet auf dich. – Das Wahre weiß man zu früh, fehlt nur, daß man darin lebt. Tut man es aber, so vergehen einem die Wahrheiten von selbst. – Man darf Gott getrost vergessen, wenn sich die rechte Sache vor ihn geschoben hat, und ob es die rechte ist, erkennst du daran, daß sie es ohne dich nicht wäre. – Alle Sachen sind von Gott, darum dürfen sie auch undurchsichtig bleiben wie Er.«

So viel habe ich gelernt, John: man reist am sichersten, wenn man immer weniger hat, was einem genommen werden kann. Das Leben haben mir auch Leute gelassen, denen es gewiß nicht heilig gewesen ist. Der Mensch ist kein Tier, das seinesgleichen ohne Not tötet, und ich lernte die Not, die mich eine Frau hatte töten lassen, als eine Abart von Luxus kennen. Daran unschuldig werden konnte ich nicht mehr, aber ich konnte mich davon entfernen. Wir Flöchner haben uns immer ein großspuriges Gewissen geleistet. Wir laden uns gerne mehr darauf, als auf unsere Schultern paßt, und dafür büßen dann andere. Denn was wir selbst nicht mehr tragen können: andern nachtragen können wir es immer noch.

Meine drei Alten redeten kaum, so daß mir der Stumme zuerst nicht auffiel. Dann zeigte sich, daß er singen konnte. Denn die Brüder sangen dreistimmig, mit Bässen, die so hohl waren wie ihre Augen, und sie verwendeten dafür Worte eines aramäischen Dialekts. Da ich hie und da ein Wort davon verstand, glaube ich, daß es die Sprache des Mannes war, der auf dem Wasser gehen und Tote wecken konnte. Mein Zuckerbäcker verehrte ihn unter dem Namen Issa. Der wird dir noch im Kreuzworträtsel begegnen.

So nahm das letzte Öl, das mir die Alexis-Brüder zu spenden unterließen, am Ende die Gestalt einer fast ungenießbaren, doch wunderkräftigen Gerstensuppe an, die mich wieder auf die Beine brachte. Ich setzte meinen Josephsweg fort, einstweilen zu Schiff, da sich der Ostrand des Mittelmeers wieder im Kriegszustand befand. Ich heuerte als Hilfskoch auf einem tunesischen Frachter an, der angeblich Stückgut geladen hatte. Tatsächlich schob er Waffen oder »Flüchtlinge« genannte Sklaven, manchmal auch Rauschgift zwischen den levantinischen Häfen hin und her, bis er vor Beirut von einem israelischen Torpedo getroffen wurde.

Sachen könnte ich dir erzählen, Sachen! Aber wer sie erlebt hat, erzählt nicht davon. Und wer davon erzählt, hat sie nicht erlebt.

20

Meine Flucht nach Ägypten bleibt ein blinder Fleck auch für mich: vielleicht kommt das Stündlein, wo ich darauf zurückkomme. Warum nicht das letzte? Für meine Erzählung gilt: ich kam nach Kairo zurück, nach ungemessener Zeit – für mich; für fast alle andern war mehr als ein Kalenderjahr vergangen, seit ich zu meiner toten Mutter geflogen war. Mein Vertrag war nicht erfüllt und längst abgelaufen. Ich fand meine alte Stelle nicht wieder.

Dafür fand eine neue Stelle mich. Ihr Name war nicht Moebius, sondern Zoé – Zoé Levassor-Desalentours. Kann man prächtiger heißen? Sie hatte nicht verdient, daß ich ihr meinen Namen gab, und es ist mir auch nicht gelungen: *Madame Coummère* wußte von einem Flöchner-Kummer nichts, Zeit ihres Lebens. Mehr als fünf Jahrzehnte hätte es schon dauern dürfen, aber ich klage nicht: dreißig davon haben wir im Glück zusammengelebt, bevor sie mir der Gott, der sie an meinen öden Strand gespült hat, wieder nahm.

Der Tod hat sie über einem offenen Fotoalbum überrascht, und nach ihrem Lächeln zu schließen, hat er sie mit Zartgefühl behandelt. Mit eben demselben hätte sie, als noch junge Frau, das Album zugemacht, wenn Pierre – »halbwüchsig« genannt, obwohl er über Nacht aufgestengelt war – den satten Kinderbuddha nicht mehr hätte ansehen mögen, der sich im Sand vor der weißen Häuserklippe seiner Nacktheit erfreute. Dieses Kerlchen sah ihm, Pierre, nicht ähnlich, und etwas wie Andacht davor nahm er seiner Mutter nicht ab.

Und doch kam die Andacht auch an ihn, als er sich, zehn Jahre danach, im gleichen Album fast das gleiche Bild herzlich gefallen ließ. Das Kind darauf war ebenso nackt, und fast ebenso mollig, aber diesmal war es ja sein kleiner Sohn, du, John, unter den Palmen von Miami Beach, und auch eine solche hat es (mit einem levantinischen -y) bereits in Alexandria gegeben. Pierre, immer noch blaß, hatte sich zu einem reichlich jungen, aber in der Liebe schon schwergeprüften Vater gemausert; Zoé aber hast du zur Großmutter gemacht. Daß du sie damit zu Tode beleidigt hast, will ich nicht behaupten. Aber sieh sie dir an: in jedem Lebensalter war sie zur Kore geschaffen, schon die

Nymphe blieb eine Zumutung, und eine Gra-ys hätte sie sich nie bieten lassen. Die »hinreißende alte Dame«, die ihre Mutter erfolgreich gespielt hat – keine Rolle für Zoé.

Und doch hat sie den kleinen John noch großmütterlich in ihr Album geklebt, und es könnte das vorletzte gewesen sein, was sie auf Erden getan hat. Die Bilder waren ja auch amüsant, durch Rachels Objektiv finden sich gar keine andern. Aber eigentlich waren sie Fremdkörper in Zoés Album. Sie selbst hat nur schwarzweiß fotografiert, am liebsten Steine, und Menschen nur ausnahmsweise. Sogar mich glaubte sie mit Grautönen besser zu treffen. Denn, sagte sie: auf einem Farbfoto sehe man kein Licht. *En couleur, la lumière se cache.*

Und doch sind, wie die letzten Bilder ihres Albums, schon die ersten farbig gewesen – und wenn sie je Hochglanz getragen haben, so hat ihn ein halbes Jahrhundert diskret ausgebleicht. Auch sie sind von fremder Hand, und – fast hätte ich »denn« geschrieben – es sind Familienbilder. Und was mit Klein-John im Sand endet, begann einmal mit Klein-Zoé im Sand.

Aber bleiben wir noch bei dir, bei euch in Miami Beach: im Hintergrund das Hotel mit fünf Sternen und der Endlosschleife an der Stirn. Die Kiste gehört dir, denn sie gehört zur Moebius SA. Aber du weißt noch nichts von deinem Glück: du steckst bis zu den Knien in einem größeren. Was ist eine Hotelkette gegen eine Sandburg! Die deine hast du vollendet, so gut es der rieselnde Stoff erlaubt. Jetzt führst du sie vor, damit sie und ihr Schöpfer festgehalten würden, von Mom, für eine kleine Ewigkeit. Aber »Burg« ist ein schwacher Name für dein Werk. Was du gebaut hast, ist ein Labyrinth, ein Garten der Monumente, eine wohlkomponierte Anlage aus Kegeln und Pyramiden. Zoé muß das an ihre pharaonische Kindheit erinnert, die Kundschaft der *Beach* deinen Gründergeist bewundert haben. Ich erkenne die Prähistorie deiner Kreuzworträtsel darin. Vor zwei Jahren hat dir noch gereicht, wenn sie es alle *great* fanden, dein Werk, *simply fantastic.* Nicht umsonst warst du das Kind des Chefs.

Pierre, neben dir keine Hauptperson, freut sich ja auch, obschon ihn das Bild noch etwas gebeugter zeigt als sonst... jener Sommer in Florida ist nicht der unbekümmerte Urlaub gewesen, nach dem das Bildchen aussieht. Man hat ihn sich gegönnt, um keine Trauerfamilie zu bleiben. Der Versuch, dir eine Schwester zu geben, war gerade fehlgeschlagen. Ihr habt euch – dir zuliebe, wie es hieß – eine Reise in die Sorglosigkeit verschrieben, und Florida schien Rachel der rechte Ort dafür.

War sie eine trauernde Mutter? Überanstrengt, gewiß, auch unmutig, daß sie beraubt worden war, eine Wette mit dem Schicksal verloren hatte. Sie hatte gewußt, daß sie ein Mädchen gebären würde, aber sie hat es riskiert – Gott mit uns! Mit den Stimmings war Er immer gewesen, anderen als kerngesunden Nachwuchs hatten sie nie hervorgebracht. Die Tochter der Amerikanischen Revolution traute sich zu, Pierres tragische Mitgift zu besiegen. Nun, da es nicht gelungen war, sah sie eben darin Gottes Finger, daß Er ein quälend mühsam brennendes Lichtlein wieder gelöscht hatte. Ihre Antwort auf Heathers Tod war die Gründung der *Heather Kummer Stimmings Foundation*, die Projekte zielgenauer genetischer Reparatur finanziert. So ist auch ein totes Kind *a meaningful death* gestorben.

Ach, John: glaube nicht, daß ich deine Mutter nicht mag. Das Kind in ihr habe ich nur zu sehr lieben gelernt, auch wenn sie, in ihren blauen Augen, eine erwachsene Anwort, *an adult response*, für den Trauerfall gefunden hat. Und auf dem Bild ist die bessere Zukunft schon zu sehen, mit der

Amerika seine tapferen Mütter belohnt, in Gestalt eines unerschrockenen kleinen Baumeisters, einstweilen im Sand, morgen an der *skyline*.

Zoé, kein Zweifel, gönnte dem kleinen Totengräber nur das Beste, als sie ihn zuletzt noch in ihr Album geklebt hat. Aber ihre Augen hatte sie auf Pierre, unserem Sohn. Er war derjenige, der den Urlaub in Florida am nötigsten gehabt hätte. Und gerade er glaubte sich schuldig zu sein, ihn mit einer Geschäftsreise zu verbinden. Wozu sonst wäre man in einem Hotel mit der Endlosschleife abgestiegen? Er bleibt ein Flöchner, er lebt in der Furcht des Herrn – in diesem Fall ist es seine Frau, die Tochter der Stimmings, der er, Erbträger des Mädchentodes, etwas schuldig geworden ist. Darum erholt er sich jetzt auch, seinen *Loved ones* zuliebe, gleich mit, daß Gott erbarm, als wüßte er nicht, daß Er sich nur der Tüchtigen erbarmt. Mom aber weiß es auch, und darum darf Pierre nicht auf ihr Erbarmen rechnen.

All das, kein Zweifel, hat seine Mutter auf Moms süßem Kinderbild gesehen: warum soll es ihr nicht am Herzen gerissen haben? Niemand von uns hat sie getötet, John, aber die heilige Unschuld ist eine Mörderin – *expertus dico*, wie sich mein zweifelhafter Griechischlehrer ausgedrückt hätte: ich rede aus Erfahrung.

Hörst du mich, John?

Pierre verzeiht sich nicht, daß er der geliebten Frau die gewünschte Tochter und den Stimmings eine süße Enkelin nicht hat retten können. Und darum, John, wird ihm Rachel auch nicht verzeihen. Die Versuchung, den geliebten Mann dafür um so sicherer in der Hand zu haben, ist zu unwiderstehlich. Sie wird es so ausdrücken: Heathers Tod hat uns erst richtig zusammengeschweißt. Ihre Trostlosigkeit hält sich in den Grenzen ihrer gesunden Natur.

Und dir, John, ist schon gar keine anzusehen. Weil die

kleine Schwester, die du als Zweijähriger ungnädig genug empfangen hast, gar nicht erst nach Hause kam, sondern für ihr neun Monate verlängertes Sterben gleich im Spital blieb, konntest du sie nicht kennenlernen. Hast du seither angefangen, sie zu vermissen? Mir hat eine kleine Schwester das Leben gerettet – ohne zu wissen, daß sie es war. Ich weiß es ja selbst erst, seit ich sie verloren habe. Denn dreißig Jahre lang war sie meine Frau.

Der frühe Mädchentod ist eine Mitgift der Levassor. Daran hat die Spitzenmedizin bisher nichts geändert. Nur die Qual hat sie effektiv zu verlängern vermocht. Kein Zweifel, das Geld der *Heather Kummer Stimmings Foundation* wird diesen Fortschritt noch ein Stück weitertreiben.

In deinen Augen sehe ich kein Geld, John, du wirst die Moebius SA nicht weiterführen. Und wenn du das liest, weißt du, daß ich es gewußt und wo *ich* es gelesen habe. Sie geht immer noch auf, die Frucht meiner zweiten Flucht nach Ägypten. Mir hat sie eine Kette gebracht. Du wirst sie abschütteln.

Nur noch einmal laß mich die Stunde betrachten, da sie mir auferlegt wurde wie ein unverdienter Kranz um den Hals: da wog sie leicht. Die Blüten dazu sind mir im Sand von Ibrahimiya Beach aufgegangen, in Gestalt Zoés, in ihrem zwanzigsten Jahr und fast ein halbes Jahrhundert bevor sie über dem Familienalbum gestorben ist. Mit diesen Blüten ist das Endlosband der Moebius SA verschlungen, aber es ist zerreißbar, John, und schon Zoé hat sich davon nicht fesseln lassen. Sie hat der geschäftlichen Zukunft das Opfer nicht gebracht, zu dem ihr Vater sie bestimmt hatte. Sie ist zu mir geflüchtet, im ersten entschlossenen, vielleicht auch einzigen kühnen Akt ihres Lebens.

Sie muß in meinem Gesicht noch etwas von demjenigen entdeckt haben, das mir in Urfa aufgeprägt worden war. Denn mit diesem Gesicht bin ich nicht nur – vom Piratenschiff herab – wieder am Zeichentisch der Moebius SA gelandet, sondern auch bei ihr. So viel Glück war eigentlich der reine Spott. Immerhin glaube ich seine Botschaft gleich richtig verstanden zu haben: Zoé hat einen Kummer geheiratet, um sich Sorgen zu ersparen. Dafür mußte ich ihr Haus groß machen, größer und immer sorgloser.

Also habe ich an der Möbiusschleife gedreht, John, und sie zugunsten des großen Geldes gewendet. Damit habe ich erst aufhören können, als Zoé, mein zweites Leben, über den Bildern unserer Familie gestorben ist. Aber bevor ich den Notarzt rief, habe ich ihr noch einmal über die eingesunkene Schulter geblickt. Darum weiß ich, zu meinem Trost, über welchem Bild sie der Tod ertappt hat.

Dein Bild mit der Sandburg war es nicht, John, und auch von mir ist darauf nicht die Spur zu sehen: das war 1952 noch gar nicht möglich. Zoé ist erst drei Jahre alt. Und doch habe ich das Bild schon gekannt, zwei Jahre bevor ich sie selbst kennenlernte. Keines hat Cléo, die gewesene Gouvernante, die Wunderköchin und Mitternachtssängerin, in ihrer Souvenir-Kollektion andächtiger betrachtet, und ich über ihre Schulter.

21

Cléo lehnt am Kotflügel des Citroën, und fast auch am livrierten Chauffeur, der die Familie ans Meer gefahren hat. Der Blaustich des Wassers ist, wie derjenige der Uniform, gerade noch zu erkennen. Ein Farbfoto immerhin, allerhand in den frühen Fünfzigerjahren. Und wer immer es geschossen hat: die Sujets brauchten sich keinen Zwang anzutun. Es ist das letzte Jahr König Faruks, des Frauenhelden mit Kinderpenis. Balthasar, Erbprinz der Familie, verbirgt den seinen in einer schwach rötlichen Badehose. Er ist ja auch schon zehn. Die Mädchen aber stehen im Sand, wie Gott sie erschaffen und die Mutter, eine stadtbekannte Schönheit, geboren hat. Die fünfjährige Chantal präsentiert sogar ihr geschlitztes Bäuchlein für die Kamera, die dreijährige Zoé aber steht in ihrem kleinen, schon sehr bestimmten Profil am Rand des Wassers und blickt auf ihre Füße hinab, die der zurückrieselnde Sand verschüttet. Ganz Prüfung, ganz Aufmerksamkeit, ist sie auch schon das Wesen, das ich kennenlernen durfte und dem ich mein Glück verdanke. Und als ich nach Zoés Verschwinden im Feuerofen zurückkam auf dieses Bildchen, wünschte ich aus ganzer Seele, sie möchte von ihrer eigenen, in allem Wesentlichen unverändert gebliebenen Gestalt gebannt und aufgehoben, zu unsern Göttern heimgegangen sein.

Sie war die erste Frau in meinem Leben, die sich selbst mit Anstand und Anmut zu lieben verstand. Wie leicht hat sie es mir auf ihre Weise gemacht, sie lieb zu behalten. Sie ist mit derselben festen, noch nicht ergrauten Haarkappe auf dem Kopf gestorben, die sie auf ihrem Kinderbild betrachtet haben muß: Jeanne d'Arc mit der Krone, für die es keinen König gebraucht hat, und nie einen Krieg, auch nicht zwischen uns.

Die Schwester mit dem Bäuchlein aber und dem Namen, der wie ein Lied klingt: Chantal, die ihr Haar in der Seebrise flattern läßt, wird nach dem Schnappschuß nur noch ein Jahr zu leben haben. An sie kam es, den Tribut des Levassorschen Mädchentodes zu zahlen, den schattenhaften Begleiter des Familienstolzes. Doch auch Balthasar, der Junior in der roten Badehose, hat seinen Frieden mit diesem Stolz nicht gemacht. Auf seinem eigensinnigen Gesicht ist schon deutlich der Geist zu erkennen, der einen jungen Mann zum Ausgraben von Schätzen befähigt, aber nicht zur Führung eines Unternehmens.

Der seine Stelle eingenommen hat, war ein Zugelaufener, ein Schwiegersohn *d'Outre-mer* mit dem barbarischen Namen Kummer.

Ehrgeiz war es nicht, was den verunglückten Daseinsanalysten, Architekten und Mörder nach dieser Stelle streben ließ. Es war Fügung, daß er in Kairo Kisten für den Tag X zeichnete und mit dem Zirkel in der Hand, ohne es zu bemerken, einer Tochter des Hauses in die graugrünen Augen fiel. Er wäre von sich aus nie auf den Gedanken gekommen, seine flöchnerischen zu ihr zu erheben und das gefangene Lächeln an einer Schönheit zu versuchen, die mit jedem Blick unerschwinglicher wurde.

Es begab sich nämlich zu dieser Zeit, daß Zoé, die beste Partie der französischen Kolonie Alexandrias, diesem Kummer ein Kind machte, ohne Umstände, aber mit so viel Würde, wie sie einer Frau in der dafür unvermeidlichen Umarmung eines jungen Mannes zu Gebote steht. Dieser Mann war ich, der eigentlich noch gar keiner war. Sie aber hatte sich entschieden zu leben, und mich – gerade mich – machte sie zum Bürgen dafür. Es war mein Glück, daß ich durch meine Alexis-Diät für etwas wie Glück wiedergeschaffen war. Und dann war ich klug und unklug genug, es zu ergreifen.

Die Berufung zum Baulöwen wird keinem Flöchner an der Wiege gesungen. Wenn ich, der Unberufene, dazu erwählt wurde, dann durch Zoé allein. Ohne sie hätte ich die Kisten, die ich in Fabiens Schwitzbude gezeichnet hatte, nicht einmal auf Sand, sondern gar nie gebaut. Mein Fundament für das Gedeihen unseres Geschäfts war die Liebe Zoés – und wenn ich ein Verdienst dabei habe, so nur dies: daß ich ihres Vertrauens würdig werden wollte, ohne zu schwitzen.

Aber wie du mich jetzt kennst, John: ganz ohne Buße habe ich es auch diesmal nicht getan. Was ich geschenkt bekam, mußte ich mir noch verdienen, und zwar sauer: da läßt sich ein Flöchner nicht lumpen. Geld machen, und immer mehr davon, ist eine Strafe, und für jeden, der keinen Spaß daran findet, eine immerwährende Züchtigung. Doch ich hatte sie verdient.

22

Ein Wort wie »Spaß« stimmt schon auf den ersten Blick nicht zur Geschichte meiner Errungenschaft. Sie fing mit dem Trauerflor an, den ich gleich nach der Landung um das Bild des Obersten wehen sah. Ja, nun war er abgestürzt, der große Reis. Die Herzklappen des 52jährigen Militärs hatten dem Druck nicht standgehalten, den er sich mit seinen Feinden aufgehalst hatte und noch mehr mit seinen Freunden: den stolzen Habenichtsen in weißer Phantasieuniform, die ihre Klemme zwischen den Blöcken als Dritte Kraft ausgaben und ihr Elend wenigstens glänzend machen wollten, bevor sie davon erdrückt wurden.

Am Anfang der Tod des Reis; am Ende der Tod über dem Fotoalbum mit der Stadtklippe im Hintergrund. Die bessere Hälfte meines Lebens ist von Trauerfällen gerahmt, und doch war es eine gute Reise. Ja, John, im Rückblick ist das kleine Weltreich, das ich aufgebaut habe, nichts weiter als eine Reise durch drei Jahrzehnte gewesen, gefühlvoll und beinhart – und alles in allem das vom Lachen der Götter belohnte Nachspiel zu einer qualvoll-grandiosen Jugend, der als Jugend nie recht einleuchtenden Anfänge des Josef Kummer. Und doch: von allem, was mir zugestoßen ist, blieb dieses schauderhafte Unleben das Wahre: mehr so als alle Erfolgsgeschichten hinterher, sogar mehr so als die Erleuchtungen im Alexis-Kloster.

»Mehr so« – du hörst das drollige Deutsch deiner Mutter aus mir reden. Rachel ist die blauäugige Fortsetzung des Kummerschen Aufstiegs vom Trüben ins Glänzende. Mit dieser Schwiegertochter ist er schon fast zu gut gelungen, der tiefgebückte Schritt unter den strafenden Engeln hindurch ins Menschheitsparadies. Hier steht Eva wieder in der Unschuld ihres gelobten Landes: *God save America*. Wer sonst könnte es retten?

Unter uns, John: er ist auch für mich immer ein wenig zum Lachen gewesen, dieser Umstieg vom Jakobsweg auf die Karriereleiter. Es war ein Zirkusakt vom ersten Tag an, da ich meinen Hocker bei Fabien wieder einnahm, als hätte ich ihn nie verlassen – dabei war ich doch untreu geworden bis ins Mark. Doch es gab Gründe, mich wieder einzustellen, die stärker waren als meine Sünde. Denn er war ja erschienen, der Tag X, und es hatte nicht einmal ein Attentat dafür gebraucht. Schon durfte sich die Moebius SA ohne Schleier zeigen, und es konnte sich nur noch um Monate handeln, bis ihr Klee auf den Ruinenfeldern der Staatswirtschaft zu blühen begann. Auf der Endlosschleife des Fortschritts gab es zu tun: Schluß mit den Plattenbauten, her mit den Klischees für Prospekte, mit Modellbauten für Architekturzeitschriften! Um jeden Preis: her mit dem schnellen Geld.

Die Levassor, Besitzer unserer Kiste und so manch anderer, gaben sich zu erkennen. Sie richteten den Spitzen der Gesellschaft ein Fest aus, zu dem wir Bürozeichner als Partysklaven aufgeboten waren. Und so avancierte auch Josef Kummer zum Mundschenk der neuen Pharaonen, die hinter der Ibrahimiya Beach zusammenströmten, im Garten des Weißen Palastes, der das staatssozialistische Aschenputtelkostüm abwerfen und wieder im Lichterglanz der großen Welt erstrahlen durfte. Vom alten Ägypten hatte ich noch immer nichts gesehen, und nun sollte ich gleich ein neues kennenlernen. Der Staatspräsident hielt unter dem Flor seines Vorgängers, der machtlos in der Brise flatterte, eine Rede, in welcher er der *Business Community* für ihre Treue auch während der mageren Jahre einen tiefempfundenen Dank aussprach. Das Signal war unüberhörbar und pflanzte sich im *Small Talk* fort, Compradores im weißen Smoking, Militärs in Galauniform scherzten und komplimentierten einander in den wichtigsten Weltsprachen. Es durfte wieder gedealt werden, und ich wartete mit Champagner auf, dem Geistigsten, was der Westen zur Feier der Stunde zu bieten hatte. Gewiß, Ägypten war und blieb ein islamisches Land. Aber wenn man auf sein Wohl kein Glas hätte heben dürfen: wo wären die Investoren geblieben?

An dieser Soiree war ich Personal, besaß also eine Form physischer Gegenwart, die nur zum Nachschenken da ist, danach wieder zum Übersehenwerden. Dennoch hatte ich Augen und Ohren bei mir. Das Geschäft, bei dem ich, als livriertes Stück Luft, Monsieur Levassor-Desalentours persönlich aufwarten durfte, betraf seine Tochter mit Namen Zoé, und ein todmüde blickender Scheich wurde vom Hausherrn und Vater nahezu peinlich, jedenfalls unzweideutig genug vernommen. Wohl war die königliche Hoheit nicht der Bräutigam in Person, verhandelte jedoch als Werber an seiner Stelle, und nun verlangte der Patriarch bestimmte Zusicherungen hinsichtlich Zoés Status als Ehefrau, wozu einerseits der Respekt vor ihrem christlichen Glauben gehörte, anderseits die Erwartung monogamer Verhältnisse, wo nicht *de facto*, so doch *de jure*. Da ich das, mit meiner klassisch-moralischen Vorbildung, eher umgekehrt erwartet hätte, mußten in der Tat Millionen im Spiel sein. Doch war M. Levassor nicht gesinnt, seine Tochter um jeden Preis zu verkaufen. Da einer der Herren des Arabischen, der andere des Französischen nicht mächtig war, spielte sich der Verkehr in einem selbst für meine Ohren haarsträubenden Englisch ab, bei dem die Nuancen, die beide Seiten in der eigenen Kultur gewohnt sein mochten, von jeder Delikatesse entkleidet wurden. Es war einfach ein Stück Mädchenhandel. Was geht's dich an, dachte ich, während ich den Herren *Veuve Cliquot* nachschenkte, ich kannte diese Zoé nicht.

Ich sollte sie gleich kennenlernen, und wieviel sie mich anging, entdeckte ich erst, als ich, quasi anonym, mit ihr geschlafen hatte. Sie muß den Eindruck, den ich Unberechtigter von den Sitten des prospektiven Bräutigams gewonnen hatte, geteilt haben, und zwar bis zu einem solchen Aberwillen, daß ihr der erste beste Serviteur am Gartenfest ihres Vaters gut genug dafür war, neue Tatsachen zu schaffen und sich für die Heirat, die sie ihm nicht hatte ausreden können, absolut hinreichend zu kompromittieren.

Dieser erste beste war ich. Mir hat sie ihre – selbst im Handel mit einem Ölscheich unschätzbare – Jungfräulichkeit geopfert. Auch wenn sie nachträglich versicherte, sie habe mich bei der Soiree lange und innig ins Auge gefaßt und ich sei in ihren Augen schon der beste erste gewesen, bevor sie mich dazu machte – ich habe die graziöse Lüge damals ihrer Not zugute gehalten. Nun: den Wahrheitsbeweis hat sie in unserer langen und guten Ehe mehr als erbracht, auch wenn die gemeinsamen Jahre von keiner Maßlosigkeit mehr geprägt waren. Gerade so schien sie es zufrieden zu sein und blieb es auch mit mir. Wie gern war ich zum Glauben bereit, zeitlebens gehalten zu haben, was ich beim ersten Mal versprochen hatte.

Dabei hatte ich durchaus nichts versprochen. Entgeistert, wie ich war, getraute ich mich nicht einmal Laut zu geben, als sie mich, sagen wir: überwältigte. Denn mir war, als höre ich, aus dem unfernen Kiosk die Stimme des Staatschefs persönlich laut werden, aber die Brandung, deren weiße Säume gegen die Füße unseres halben Dornbuschs leckten, übertönte gelassen, was an Merkwürdigkeit aus dem Strauchschatten zu hören war, den die mondlose Nacht noch schwärzer machte. Ich kam zu einer Reiterin wie die Jungfer zum Kind, John, und während sich also begab, was ich nicht zu hindern wagte und wofür ich nach den Entbehrungen des Josephswegs fast wider Willen gerüstet war, vermerkte ich wenigstens so viel, daß jenes Sprichwort eigentlich umgekehrt zu lesen war. Die artige Gewalttäterin war es, die nicht ruhte, bis ihre Jungfernschaft bei diesem Ritt dahingeschmolzen war und ihre Blutspur leibhaftig auf meine Uniform tropfte, deren Oberteil ich nicht mehr hatte ausziehen können. Sie stöhnte nicht zum Vergnügen und biß die Zähne zusammen, wenn sie mich geküßt hatte. Zugleich hatte der Griff Methode, mit dem sie mich, bevor ich »kam«, ihres weißen Dior-Kleides nicht achtend, mit beiden Armen ebenso heftig über sich zog, wie sie gleichzeitig unter mich schlüpfte. Kein Tropfen meiner Morgengabe sollte verlorengehen, sie wollte empfangen um jeden Preis. Nachträglich stellte ich mir sogar vor, daß die stammelnden Worte, die sie dazu sprach, gar nicht an mich gerichtet, sondern ein Gebet waren.

Danach schob sie mich zwar weg und bedeckte sich, aber sie blieb vorsorglich liegen, während sie: *va-t'en, cher,* flüsterte, *prend ça, et ne m'oublie pas, je ne t'oublierai jamais!*

»Ça« war, wenn ich recht fühlte, ein Juwelenring – und meine Flucht leichter befohlen als getan, denn meine Livree befand sich in gar keinem Zustand mehr. Wenigstens machte das rote Tuch, das schon französischen Kürassieren die Verachtung ihrer Wunden erleichtert hatte, die Blutflecken unauffällig. Zum Glück herrschte in der Villa teils Auflösung, teils Aufregung. Zoé! Zoé! hörte ich rufen. Ich schloß mich schleunigst einem der Suchtrupps an, um ihn mit dem Hinweis auf eine Düne, hinter der ich die Dame hätte verschwinden sehen, in die Irre zu führen, so weit wie möglich. Inzwischen war mir gedämmert, wer mich da einer furchtbaren Gunst gewürdigt hatte. Die Wahrheit zu sagen, rechnete ich nicht mehr mit einem langen Leben; jedenfalls nicht, wenn ich mich nicht aus dem Staub Ägyptens machte.

23

Es kam alles ganz anders. Denn fünf Wochen später suchte mich Zoé im Bürogebäude der Moebius SA heim, das inzwischen sein Signet über dem Portal weithin sichtbar zur Schau trug. Ich erbleichte und erwartete, womöglich für mehr als einen Ring belangt zu werden, den ich noch nicht – unter welchem Vorwand denn? – hatte zurückerstatten können. Was sollte die junge Herrin meines Hauses, war sie erst zur Besinnung gekommen, daran hindern, mich nicht nur zum Dieb, sondern auch zum Schänder von Leib und Ehre zu erklären? Sie hatte ihren Citroën DS eigenhändig nach Kairo gesteuert; nun trat sie an meinen Zeichentisch und bat mich um eine Hilfestellung an dem im Fahrverbot stehenden Wagen. Aber schon unter der Haustür blickte mich die Schlange wie eine Taube an. Und als ich neben ihr in den Polstern saß, wagte sie mich, verlegener als ich, nichts weiter zu fragen, als ob ich freundlicherweise ihr Mann werden wolle. Seit gestern wisse sie, daß sie schwanger sei.

Jetzt erlebte ich die nicht minder überwältigende Grazie ihrer Bescheidenheit, das Lächeln schüchterner und schöner Abbitte für den Überfall, mit dem sie mir viel zu nahe getreten sei. Zum ersten Mal hörte ich das Bekenntnis – es ist mir für alle Jahre unserer Ehe unfaßlich geblieben –, daß ihr Wunsch dabei einen weit höheren Anteil gehabt habe als ihre Verzweiflung. Sie hatte mich genommen, aber nun schämte sie sich der Freiheitsberaubung und sprach es aus mit Augen und Mund: *Vous êtes libre. Sentez-vous complètement libre, Joseph*. Ja, sie siezte mich in diesem Augenblick – und ebenso natürlich wußte ich, daß ich sie nicht mehr hatte, die angebotene Freiheit. Sie wünschte sich etwas anderes, und ich auch. Und fühlte gleichzeitig, daß ich es dennoch und eben darum mit diesem Menschen bleiben würde, frei, und daß ich dafür keiner Verrenkung mehr, nicht einmal eines übermenschlichen Aufwands an Treue bedurfte. Sie war meine Frau gewesen, ich wollte ihr Mann werden, und bald schon hatten wir ein Kind.

Ich zog den Ring, den sie mir vor dem Abschied am Strand zugesteckt hatte, aus dem Schlüsseltäschchen der Jeans, in dem ich ihn all die Tage halb ungläubig, halb angstvoll gehütet hatte, und steckte ihn an den Finger zurück, von dem sie ihn selbst gezogen hatte. So waren wir verlobt. Gerade dieser unschätzbare Ring war es, was sie an jenem festlichen Abend verloren und bis in die frühen Morgenstunden gesucht haben wollte. Schließlich habe sie verzweifelt am Strand gesessen, als ein junger Gott triefend aus dem dunklen Wasser gestiegen sei, um ihr das vermißte Wertstück mit einer Verbeugung zu überreichen: danach habe sie Finsternis umhüllt. Und als sich die gnädige Ohnmacht mit der Morgensonne wieder gehoben habe, sei sie als neuer Mensch von der Erde aufgestanden.

Diese Mythe erzählte sie mir, unter Glückstränen, in den Polstern ihres Citroën DS, wo wir zugleich lachend lagen, während ganze Menschenströme an dem Wagen vorüberzogen und das welt- und zeitvergessen küssende Paar mit scheuen Blicken streiften. Mir aber war, als sähe ich, nachdem Himmel und Erde über mir zusammengestürzt waren, die ersten Menschen nicht nur Ägyptens, sondern meines ganzen Lebens.

Was Zoé ihrem Vater erzählt hat, wage ich mir bis heute nicht auszumalen. Für den Bräutigam genügte offensichtlich die Hiobsnachricht einer verlorenen Jungfrauschaft. Dafür hätte der Schänder zuerst Kastration, dann mehrfache Enthauptung und schließlich eine zehnmal lebenslängliche Galeerenstrafe verdient. Nur war eine entsprechende Klage nicht anzustrengen, ohne den Ruf der Levassors schwer zu kompromittieren. Daß diese den Verbrecher auch noch hätte belohnen sollen, und zwar mit dem Rang eines Schwiegersohns und mit Beteiligung am Geschäft, zu dem er sich mit einem so skandalösen Schlüssel Zutritt verschafft habe, wäre der Gipfel des Hohns gewesen und kam natürlich nicht in Betracht.

Doch als die verworfene Lieblingstochter einen vielversprechenden jungen Architekten aus dem Herzen Europas ins Haus brachte, der sich außerdem in der Firma bereits nützlich gemacht hatte – was man von Balthasar, dem Erbsohn, leider nicht behaupten konnte –, und diesen Josef als Vater ihres werdenden Kindes vorstellte, in aller Demut und Zerknirschung, die sie dem Patriarchen schuldig war: da drückte dieser wohl oder übel eines seiner unter Braugestrüpp ohnehin kaum sichtbaren Augen noch weiter zu. Und als das Kind in der Wiege zappelte, war er, gerührt grollend, vollends bereit, im Werkzeug, das ihn zum Großvater gemacht hatte, den Finger Gottes zu sehen.

Versteht sich, daß die Geburt noch rechtzeitig ihre eheliche Richtigkeit bekam. Und dann zeigte sich bald, daß Josef Kummer nicht nur im Umgang mit der Tochter, sondern auch mit Investoren eine glückliche Hand besaß. Niemand konnte davon überraschter sein als ich – und kann es bis heute nicht anders denn als schelmische Fügung betrachten, als Verdrehung meiner Geschichte in einen höheren Unernst. Wäre Zoé nicht gewesen, ich hätte den Einfall des Schicksals, mich zum Urlaubsverkäufer in zwölf Ländern zu erheben, geradezu für höhnisch gehalten. Wer braucht 15 000 Betten, nachdem bisher schon ein einziges mehr als ausreichend gewesen war, ihn zum Versager zu machen und zum Verbrecher am Lebendigen?

Nun aber hatte es Zoé gefallen, mich nicht nur bei den Levassor-Desalentours, sondern auch beim guten Leben durchzusetzen. Dafür wünschte sie, ein für allemal nur noch sehen zu müssen (und fotografieren zu dürfen), was ihr paßte – was hatten die Pflichten, die mir dafür zufielen, neben ihrer Neigung zu besagen? Es wog leicht, das gravitätische Sitzungs-Wesen aus meist durchsichtigem Anlaß. Der tägliche Poker an der Börse war, was er ist, ein Kinderspiel, und dank Fabien, dem cartesianischen Rechner, den ich zum CEO beförderte, verlor auch die Pflicht zur Prüfung der Bilanzen viel von ihrem Schrecken. Es muß der Flöchner in mir gewesen sein, der unverhofft auf seine

Rechnung kam und, wenn es sein mußte, ein durchaus furchterregendes Haupt erhob und mit seinem Gottesblick die Finsternisse des Geschäfts erleuchtete: dann sprühten wahre Geistesblitze unter meinen Eliasbrauen hervor, deren Wildnis den Levassorschen bald nichts mehr nachgab. Fürs Theater den Kaspar; in unseren Palmengarten aber kehrte ich als sanfter Joseph ein, der keine Mühe scheute, sich aber auch keine anmerken ließ, Zoé zum gemeinsamen Glück zu verführen. Ich nahm ihr Geld in Kauf – aber um nicht zu stören, durfte es, wenn es sich fortpflanzte, weder riechen noch laut werden. Fabien zeigte sich als begnadeter Kuppler und vergaß sogar, daß die Pyramiden aus Zement waren und er im Grund seines Herzens Marxist.

Ich habe Zoé geliebt, John, und liebe sie auch als Tote. Ohne diese Liebe hätte es Pierre nicht gegeben (ob er es mir dankt?), ohne Pierre keine Rachel und ohne diese beiden nicht dich. Aber muß ich dir sagen, daß diese Familienkette mit einer kleinen Schadenfreude des Schicksals behaftet blieb, auch wenn sie der Schaden der Moebius SA nicht war? Unser Unternehmen rühmt sich, wie jeder Fleischgroßhändler, einer »Philosophie.« Aber wer kann eine Philosophie ernst nehmen, bei der es, unter dem Strich, auf nichts weiter abgesehen ist als mehr Geld?

Das erinnert uns doch, lieber Kreuzworträtsellöser, an die Umschreibung von IDEE als »plötzlicher Einfall«. Zu Beginn meines Studiums war »Idee« noch etwas anderes gewesen. Aber der neue Schlüssel paßt zur Welt, in der die Moebius SA – dank Mom um die Phoenix Inc. erweitert – aus dem Wachstum nicht mehr herauskommen will. Dazu hat in der Tat immer wieder ein »plötzlicher Einfall« ausgereicht, und die Philosophie dahinter ist danach. Und so braucht es auch nicht zu erstaunen, wenn unsere Ketten, einstweilen noch dick im Geschäft, im Nötigsten dünn und dürftig geblieben sind. Ihrer globalisierten Propaganda zum Trotz halten sie nicht einmal dem natürlichsten Druck stand, dem der Sterblichkeit. Der Tod macht keine Geschäfte. Da aber, wo alles aufhört, müßte im Ernst beginnen, wovon die Geschäftemacher nur plaudern können: Philosophie. Da sind die Flöchner schon weiter gewesen, auch wenn sie zu weit gegangen sind – oder (wie es meine Alexis-Brüder gesehen hätten) noch längst nicht weit genug.

Der arme Pierre! Für Zoé war er 1971 der kleine Moses im Korb, mit dessen Hilfe sie ein gelobtes Land – das gegen alle Erfahrung immer wieder neu gelobte Land der Liebe – unter die Füße bekam, wie zwanzig Jahre zuvor auf dem Bild, mit dem sie Abschied genommen hat, Sand unter ihre Prinzessinnenzehen. Den Namen hat Pierre nicht von mir. Ich hätte mich gehütet, aus ihm den Stein zu hauen, auf den ich meine Umkehr zum gemeinen Menschenverstand gründete. Daß er eines Tages nicht nur ein großes Haus, sondern gleich eine Hotelkette würde tragen müssen – das, John, kann ich nicht gewollt haben; Gott weiß, mein Traum war es nicht. Aber es war die Wirklichkeit, die ich auf mich nahm, um Zoé das Gröbere davon zu ersparen. Von einem Opfer zu reden, bin ich nicht frivol genug.

Was immer es war: ich war stark genug, es zu bringen. Aber Pierre? Die Geschäfte waren nie seine Sache. Gewiß, John: dein Vater wäre besser und lieber den Weg seines Onkels Balthasar gegangen, dem ich damals das Endlos-Band, diese Boa constrictor, von den schmalen Schultern nahm. Danach wurde er frei, sein Erbe in Ausgrabungen zu stecken. Und auch wenn er das zweite Zeugnis bisher nicht gefunden hat, mit dem das Buchstabenrätsel der Schale von Phaistos zu lösen wäre: er muß bei dieser Liebhaber-Archäologie besser gefahren sein als seine Schwestern. Denn er lebt immer noch.

Lieber John, ich hoffe, dein Vater ist noch gesund, wenn du das liest, und in meinem Testament habe ich versucht, das Meinige dafür zu tun. Ballast abwerfen! Ich hoffe, er läßt sich den Geschmack daran vom Ehrgeiz der Stimmings nicht verderben. Sie kriegen von der Moebius SA doppelt so viel heimgezahlt, wie sie ihr mit der Phoenix Inc. zugebracht haben, und sind die Leute nicht, an irdischem Gut so bald zu ersticken. Dir bleibt auch noch Zeit – mir nicht mehr –, den Biß deiner Mom schonend zu korrigieren. Pierre tut es nicht, was er liebt, geht ihm zu sehr unter die Haut und ans Herz. Ich werde die *special relationship* zu Rachel noch strapazieren müssen, um Pierre vom aggressiveren Abfall ihrer Kernenergie zu entlasten – diese selbst werden wir nicht zähmen.

Pierre hätte das Zeug und hat es immer noch, ernsthaft Philosophie zu studieren – meinetwegen sogar die jenes englischen Ökonomen, der für eine Million ein Loch graben läßt, um eine Million hineinzuwerfen, die dann für eine dritte Million wieder ausgebuddelt wird. So läßt sich Volksvermögen schöpfen, und wäre es nur das fortgesetzte Vermögen, am Sieb der Danaiden zu rütteln, dem Inbegriff der Vergeblichkeit. Etwas dergleichen tun die ärmsten Goldgräber auch, und einer unter Abertausenden wäscht damit ein Nugget heraus. Dazu gehört Glück, aber man muß ihm trauen. Und daran fehlt es deinem Vater. Er will es verdienen, er ist ein Flöchner. Sein guter Kopf beugt sich unter sein Gewissen und ist früh ergraut in Schuldigkeit. Jedes Herz, das er sich für Heute faßt, beschwert er mit Sorge für das Morgen. Wir müssen aber viel leichter werden, John, um das Gewicht des Lebens zu tragen.

Merkwürdig, sich einen erwachsenen Enkel zu phantasieren, um sich mit ihm zugunsten seines Vaters zu verschwören. Aber auch wenn ich längst tot bin, bleibt er mein Sohn, und wenn du längst kein Kind mehr bist, wird er schon wieder ein wenig mehr dazu geworden sein, ich wünsche ihm: genug, um endlich mit gesundem Trotz das Seine zu tun. Je älter man wird, desto mehr Kindlichkeit muß einem erlaubt sein – *vide me*, schaut mich an, wie mein grämlicher Griechischlehrer sein Selbstmitleid klassisch zu verbrämen pflegte. Das ist ein Trick der Alten: sie wollen ja immer noch ein wenig leben und spekulieren darauf, daß man Kinder leben lassen muß ... Das weiß ich anders, und ich fürchte, dein Vater auch. Er hat Heather nicht getötet, aber wie ich uns kenne, gibt er sich Schuld an ihrem Tod. So ist das bei Männern, die als Kind selbst ein wenig getötet worden sind, und wäre es nur durch stillschweigende Erwartung ... und natürlich aus Liebe. Ich könnte an Pierre mehr getötet haben, als ich weiß, da ich ihm meine Erbschaft zumutete. Und sie war erst recht nicht mehr auszuschlagen, als Rachel ihn schließlich nahm.

Man braucht viel Segen dazu, aus einem Halben noch etwas Ganzes zu machen – oder doch etwas Halbes, das mit einem verlorenen Ganzen zu leben weiß. Ich habe die rechte Frau gehabt, aber dafür mußte ich erst die unrechte getötet haben – das ist nicht jedem gegeben. Rachel ist nicht Zoé, sie ist eine Stimmings, und damit hat sich Pierre bei der Richtigen eingeheiratet. Aber war sie auch die Richtige für sein Glück? Die Stimmings sind Flöchner auf amerikanisch, beim Erfolghaben kennen sie keine Gnade. Für Rachel wäre ich, mit allem Verlaub, die bessere Partie gewesen. Ein gelernter Flöchner gegen eine geborene Stimmings, das käme hin. Wir fänden zusammen die rechte Art, nicht unter die Räder zu kommen, sondern Räder zu treiben, ernsthaft sie, glückhaft ich. Bei den Stimmings-Großeltern treiben diese Räder schon seit General Sutters Zeiten die Mühle, die Stroh zu Gold mahlt – *no setback that can't be turned into success.* Genau so muß es klingen, wenn ein Flöchner in *God's Own Country* reüssieren will, und inzwischen weiß es die Welt: *if you make it there you'll make it anywhere.* Nur: halbe Brötchen darfst du dann nicht backen. Und Pierre macht, beim besten Willen, halbe Sachen, denn sein Bestes liegt anderswo, und da war er noch nie. Das kann ihn umbringen, John.

Meine Geschichte hilft ihm nicht, darum erzähle ich sie jetzt einem, der sie nicht braucht. Für mich, John, ist das eine Erlösung.

Als ich vor einem halben Jahrhundert auf einem griechischen Frachter am Ort nicht seiner, aber meiner Bestimmung andockte und die berühmte Häuserklippe im Meerlicht leuchten sah, hoffte ich über meinen Mord hinaus zu sein. Aber ich fürchtete immer noch, ihn begangen zu haben. Das fürchte ich heute nicht mehr. Ich weiß, daß ich, auch ohne einen Menschen getötet zu haben, ein Mörder bin, und kann das Zeitliche segnen. Dafür, daß ich zum Leben geboren bin, fehlte nur noch ein Schrei. Du hast diesen Schrei gehört; mit diesem Brief bekommst du, zwanzig Jahre später, eine Geschichte dazu. Und wirst damit leben können, noch viele Jahre lang, jedes ein einziger voller Augenblick. Glaube nur: jeden teile ich mit dir, und nichts davon nehme ich weg. Wisse aber auch: so tot, daß du mir nicht fehltest, kann ich gar nie werden.

24

Jetzt habe ich dir Brief um Brief geschrieben, wie vor einem halben Jahrhundert Magda; gelesen hat sie, glaube ich, keinen. Sie hatte recht. Was ging sie an, was ich mit ihr zu schaffen hatte? Aber mich ging es an, bis zum letzten Schrei vor der Weihnachtskrippe.

Ja, ich habe Mutters Werk aus dem Bankfach geholt, zwanzig Jahre später, als wir aus Alexandria zurückkamen und uns hier dieses Haus bauten, am Hügel gegenüber dem Elternhaus. Dieses habe ich nicht mehr betreten. Es ist auch längst einem anonymen Neubau gewichen. Aber die Krippe, für die Pierre schon fast zu groß und zu ungläubig war, habe ich jeden Dezember ins Wohnzimmer gestellt, das ich mit dem schwarzen Eichenparkett meiner Kindheit auslegen ließ. In den Jahren, da Pierre reiste, um Welt und Geschäft kennenzulernen, brannte die Kerze des Urengels – Zoé nannte ihn: *L'ange primitif* – fast nur noch für sie und mich. Dann die erste Weihnacht mit John, der zu seinem Glück kein Mädchen war – Rachel hat es feststellen lassen, denn Pierre hat sie über den genetisch drohenden Trauerfall aufgeklärt. Erst bei der zweiten Schwangerschaft hat er sich Rachels mutwilligem Gottvertrauen gebeugt.

Zur Krippe kam nach dem Tod meiner Mutter nur noch die Strohmatte, die Pierre von der winterlich verkleideten Kamelie geschnitten hat. Hier liegt die Geschichte deines Vaters, solltest du sie eines Tages wissen wollen. (Und wenn es die Krippe dann noch gibt.)

Was für einen Großvater, John, möchtest du denn am liebsten gehabt haben?

Eben kommt Rachel herein, sieht mich am Computer sitzen und fragt, ob ich etwas brauche. Dich! lache ich, und da sie Spaß versteht, ist sie sicher: ich brauche nichts.

Aber: seit Pierre sie aus Sacramento nach Europa heimgeführt hat, habe ich sie nie ansehen können, ohne sie zu begehren. Vielleicht hat mich ein Name angezündet – Sacramento! –, und warum hat mich ein anderer nicht wieder abgelöscht? Reitschel! Ein Mann muß durch Dornen greifen können, um einer Frau namens Reitschel ihren Namen ins Ohr zu flüstern. Auch du, kleiner Mann, hast die Rute gegen sie erhoben, und gegen alles, was mütterlich ist oder werden will. Und wirst noch lernen, eine Mom zu lieben, die das Wort »Rätsel« fast gleich ausspricht wie sich selbst, du Rätselnarr.

Rätsel lösen! Nichts tust du lieber, seit du buchstabieren gelernt hast. Und das war so früh, daß Reitschel einen Psychologen beiziehen wollte: darf man mit vier Jahren schon lesen? Man darf, wenn man kann. Und zu deinem Glück fand auch Pierre nichts dabei: im Jahrhundert Voltaires wäre man mit vier Jahren schon ein Spätleser gewesen. Da wäre es allmählich Zeit für Griechisch und Hebräisch geworden. Deine Mom aber machte sich Sorgen, du könntest nicht schön und lustig werden wie sie, wenn du zu früh zu lesen anfängst. Anderseits fürchtete sie etwas zu versäumen, solltest du zum Genie bestimmt sein. Für die gibt es jetzt auch hierzulande Extra-Klassen, damit sie nicht an Unterforderung leiden. Zum Glück gibt es noch ein Kind in ihr, und das sähe dich immer noch am liebsten als Peter Pan.

Bei unserer Krippen-Installation haben wir uns als Monster gezeigt – das bleibt unter uns, John. Mom hat ja recht: Lesen ist eine heikle Kunst. Aber es ist auch diejenige, die man am spätesten lernt. Das gilt sogar für uns Frühleser, und für die besonders. Ich habe erst mit Dreißig – der Wüste sei Dank! – Landschaften annähernd lesen gelernt, mit Fünfzig wußte ich alles über die Motive der Menschen. Heute darf ich es wieder verlernen. Da kommt es vor, daß ich Rachel ansehe wie einst Magda: als unlösbares Rätsel. Ich glaube, auch sie ist eine heilige Jungfrau. Zoé hat auf den Narren, den ich an Reitschel gefressen habe, an Pierres Stelle reagiert; nicht gerade eisig, kühl immerhin. Aber auch wenn wir eine Familie mit biblischem Hintergrund gewesen sind: wir blieben korrekt, John, ich hätte nie dein Vater werden können. Es ist wahr, Reitschel hat mir hie und da Augen gemacht, aber nur, weil ich der *husband* einer wirklich faszinierenden Frau war. Auch ihr eigener Mann stand für sie im Licht seiner Mutter. *Zoé is a really fascinating woman.*

Hätten wir einiger sein können? Auch ich habe Zoé immer faszinierender gefunden als mich selbst. Aber auch ich habe sie ihrem Patriarchen geradezu ausspannen müssen, nachdem wir den Ölscheich abserviert hatten. Vielleicht hat er ja doch den Kriminellen in mir gewittert und ist grollend zum Schluß gekommen, ein Schuft, wenn er nicht erwischt werde, sei gut fürs Geschäft. Und was die vollendete Notzucht im Dornbusch betrifft: wäre ich nichts als ein Ehrenmann gewesen, ich hätte es Zoé nicht angetan. Um meinen Zeichentisch schwebte ein Schatten von Heillosigkeit, der sie angezogen hat, bevor sie damit anfangen konnte, ihn aufzuhellen. Alles mußte aber auch sie von mir nicht wissen: mit Geldgeschichten blieb ich ein Dunkelmann. Und meiner wahren Geschichte fragte sie nichts nach. Den Junggesellen Joseph hat sie nie kennengelernt. Ein Witwer Joseph wäre ihr erst recht nicht in den Sinn gekommen. Für sie bleiben wir ein ewiges Paar: außer Dasein ist nichts. Was sollte da noch aus mir allein werden? Wenn unser Sohn ihr eines Tages zu den Schatten folgt und Rachel in ewiger Jugend an mir vorüberwippt, wo sollen meine Augen hin?

Keine Sorge, John, da ist Einer davor, der stärker ist als alles Fleisch. Aber erwarte nicht, daß ich ihm dafür ein Hosianna singe. Wenn alles eitel ist, ich bin es auch. Dritte Zähne wird Reitschel in keinem Zahnglas zu sehen kriegen – und schon gar nicht in meinem Mund.

25

Gestern hast du mir, am PC ausgedruckt, dein jüngstes Kreuzworträtsel überreicht: selbstgemacht, nicht bloß selbstgelöst. Deutsche, englische und französische Wörter, wie es eben paßte. Passen mußte es in zwei Richtungen, und du hattest den Ehrgeiz, lange Wörter zu brauchen und wenig schwarze Kästchen. FIRNAMENT hast du als erstes gesetzt, das neue Lieblingswort: gletscherkalt und sternenklar. Erst als du glücklich fertig warst, stach dir eine rote Wellenlinie ins Auge, und das Orthographieprogramm hatte zu melden, korrekt hätte es FIRMAMENT heißen müssen. Nun hast du aber das N schon für die Antilope verwendet, und ohne das »Reh in Afrika« wäre die linke Ecke abgestürzt. Nun hattest du die Wahl, ob du AMTILOPE schreiben oder das FIRNAMENT stehenlassen wolltest. Oder aber: das Ganze löschen.

Das FIRNAMENT bleibt, hast du beschlossen. Für dich: kein Fehler. (Aber doch mal sehen, ob Joe ihn bemerkt.) »Anderes Wort für Sternenhimmel«. Ein Klick: und die Kästchen waren wieder leer.

Als ich sie dir ausgefüllt zurückgab und wir einander

gratuliert hatten, du zur Lösung, ich zum Rätsel, legtest du den Kopf schief und zeigtest mit dem Finger auf FIRNAMENT.

Das ist falsch.

Wieso?

Es hat zwei Emm. FIRMAMENT.

Mach keine Witze, sagte ich. Bald sechzig Jahre lang habe ich FIRNAMENT geschrieben. Jetzt bring mir nur nichts Neues bei.

John: ich möchte heiß werden auf das Sterben, wie ich bei Magda war, als ich nicht mehr aus und ein wußte. Ich kam nicht aus meinem Leib heraus. Aber als ich in den andern Leib hineinkam, brannte ich, als wäre ich bisher nur geboren gewesen und würde jetzt erst geschaffen.

Im nächsten Augenblick war es die Hölle: wundert dich das? Wenn Himmel und Hölle auch nur Schreibfehler wären für das jeweils andere? Wahre Sätze, sagte ein Physiker, der groß wurde durch Beobachtungen kleinster Teilchen: wahre Sätze seien daran zu erkennen, daß ihr Gegenteil genauso wahr sei. Warum soll das nicht für wahre Gefühle und wirkliche Erfahrungen gelten? Das Gegenteil wirklicher Erfahrungen, John, sind wirkliche Erfahrungen. Und mit Gelassenheit betrachtet, zeigen sie sich als ein- und dieselben. Es kommt nur darauf an, wie wir sie lesen. Wer das weiß, der fürchtet sich nicht mehr, außer vor der voreiligen Lesart.

Sollte man für möglich halten, daß die Flöchner ihre heilige Schrift zu voreilig gelesen haben, obwohl sie ein paar Jahrhunderte lang mit dem Finger von einem Buchstaben zum andern rückten? Ihre Welt blieb ein Werk der Ungeduld, denn sie haben niemals dulden gelernt, was anders war; nicht Gut und Böse, nicht Himmel und Hölle – *an-*

ders. Der Computer hat sie nicht verändert, diese Flöchner-Welt, er hat nur noch beschleunigt, was von Anfang an voreilig gewesen war, die Ungeduld.

Ich weiß, John; ich glaube zu wissen. Aber ich kann noch immer nicht glauben, was ich weiß. Ich bleibe ein Flöchner. Meine arme Seele kann der Wendung zur Weisheit nicht folgen, meine Sprache macht sie nicht mit. Ich weiß nur, daß ich, am Ende meiner fremden Jugend, mein Bestes nicht trennen konnte von meinem Schlimmsten. Ich bin hängengeblieben an dem dunklen Punkt, wo ich aus beidem neu geschaffen worden bin. Du hast ihn gehört, den Schrei meiner Geburt. Nichts von Gelassenheit, und je älter ich wurde, desto weniger. Sie ist mir gnädig zuteil geworden, meine Richtigstellung, ich habe sie dankbar empfangen, die Lektion des Lichts. Aber gelernt, John, habe ich sie nicht. Habe ich Magda geliebt? Ich habe nicht einmal gewußt, was Lieben heißt. Jetzt aber, wo ich eine Ahnung davon habe, weiß ich so viel: mit Magda verband mich nichts, sie war nicht meine Liebe, und eine größere habe ich nie kennengelernt.

Auch ich bestehe auf FIRNAMENT.

Als ich aus dem Schmelzofen meiner jungen Jahre nach Ägypten floh, erkaltete meine Form zu der eines guten Lebens. Ich wurde ein gemachter Mann. Aber einmal, John, war ich ein geschaffener Mensch gewesen, und die Blößen, die ich bedecken lernte, waren die Stellen, an denen mich Gottes Hand ins höllische Feuer gehalten hat. Jetzt werden es wieder Wunden. Sie wollen nicht geheilt werden durch das Pflaster der Vergangenheit. Sie müssen mir, wie Augen, wieder aufgehen und für mein Sterben offen genug sein.

Schmerzen. Noch sind sie auszuhalten. Sie können nicht

stärker sein als der Tod. Davon wird er nicht schwach. Ich verlasse mich nur darauf, daß er *anders* ist. Eine neue Geburt: woher soll ich wissen, daß es die letzte ist? Etwas an mir ist dabei. Dabei bleibe ich, John.

Ich glaube, daß Gott die Welt nur für einen einzigen Augenblick geschaffen hat, den Augenblick, wo sein Geschöpf ein Gott ist; unendlich weniger als er, und eine Spur *anders*. Stößt er auf diese Spur, so haben Spiel und Neugier ein Ende, selbst für ihn. Dann beginnt die Liebe. Sie wird nicht gelingen. Doch begegnet Gott in ihr der Spur, auch nur einer Spur des Andersseins, so entlastet sie ihn von der Einsamkeit des Grenzenlosen. Dann ist er dem Wesen begegnet, das in seiner Zerbrechlichkeit nicht seinesgleichen ist. Dafür bedarf es keines grenzenlosen Universums. Dafür bedarf es fast nichts.

Dann ist er einem andern Gott, einer ganz andern Göttin begegnet. Stärker als er, weil unvorstellbar schwächer als seine Macht, werden die fremden Geschöpfe nur durch etwas gewonnen werden können, über das er nicht mehr verfügt. Dann aber wird die Liebe wiedergeboren. Und sie weiß, schon im ersten Augenblick, daß sie nicht gelingen muß. Und das tut nicht mehr weh.

Am Abend vor dem Dreikönigstag hast du ToraTora noch einmal zum Christbaum geschleppt. Da ich Rachel beim Abräumen unterbrochen habe, steht er immer noch halb geschmückt im Zimmer. Einmal mußte er ihn doch würdigen, der Kater, auch ohne Kerzen: aber die Engel aus Stroh, die glänzenden Kugeln; so viele Liebesmüh! Die Krippe interessierte ihn nicht, nicht einmal die Strohmatte. Aber nach dem Engelhaar war er letztes Jahr noch fast so hoch gesprungen, wie deine Hände reichen konnten.

Du nahmst ihn in die Arme, in denen er dann hing, hiobsgeduldig, doch gleichgültig. Du hobst ihn in die gläserne Herrlichkeit hinauf, und er verzog keine Miene. Da hast du ihn hinausgeschleppt, vor den Spiegel der Garderobe. Darin sollte er sich sehen und schämen.

Als ich euch folgte, blickte er wie ein Ertrinkender aus deinem Griff und drehte den Kopf nach allen Seiten, doch zum Spiegel durchaus nicht. Du setztest ihn ab, um ihn besser zu fassen und diesmal mit der Nase auf das Glas zu stoßen. Er jammerte und mußte sich dabei geradezu ins offene Maul starren. Aber sein Ebenbild blieb ein Gegenstand tiefsten Desinteresses. Offenbar nahm er es nicht einmal als Gegenstand wahr.

Ich sah dich, im Spiegel verdoppelt, deinen Kopf an den Katzenkopf gedrückt. Du standest vor einem Rätsel. Aber du ließest das Tier nicht los. Jetzt fiel dein Blick auf den Großvater im Spiegelhintergrund.

Ist er denn blind, Joe? fragtest du, ohne dich umdrehen.

Nur für sein eigenes Bild.

Warum sieht er sich nicht?

Er sieht nicht *sich*, sagte ich, und wenn er etwas sehen sollte, sagt es ihm nichts.

Er muß doch eine Katze sehen.

Aber sie riecht nicht, sagte ich. Sie hat nichts zu melden, sie tut nichts Unerwartetes, sie gibt kein Zeichen, daß sie ihn sieht. Wahrscheinlich sieht er sie nicht einmal wie gemalt. Er sieht ein glänzendes Stück Wand, sonst nichts.

Aber ich sehe doch mein Gesicht darin.

Ja, sagte ich, weil du es sehen gelernt hast. Du kannst es auch getrennt von dir wiedererkennen, auf einem Foto, im Wasser oder im Spiegel. In der Welt der Katze kommt ihr eigenes Gesicht nicht vor. Sie braucht es nicht, genauso wenig wie du, als du noch ein Baby warst. Was du brauchtest, bekamst du auch so. Hauptsache, Mom kannte dein Gesicht.

ToraTora ist erwachsen.

Ja, er spielt nicht mehr mit allem. Dieses Jahr ist ihm unser Christbaum schon egal.

Mit Katzen spielt er immer noch, sagtest du. Andere Katzen erkennt er.

Weil sie Reiz für ihn haben, sagte ich, für die Nase und das Gehör, für die Augen schon weniger. Nur alle Reize zusammen ergeben für ihn das Bild einer Katze. Fehlt etwas davon, nimmt er auch keine wahr. Dann ist da keine Katze.

ToraTora hatte den Widerstand aufgegeben, du aber hattest angefangen, sein Nackenhaar zu streicheln, unbewußt zärtlich, und auf einmal wirkte deine Hand erwachsen.

Aber er ist es doch selbst! sagtest du, sich selbst muß er doch sehen können!

Das kann nur ein einziges Tier.

Die Orang-Utan auch, sagtest du, und warst mühelos bereit, den Menschen als Tier zu akzeptieren.

Eigentlich haben wir keinen andern Spiegel als die andern, sage ich.

ToraTora ließ das Streicheln jetzt gelten, stieß den Kopf gegen dein Kinn und begann vorsichtig zu schnurren.

Siehst du, sagte ich, dich erkennt er, weil du sein Freund bist.

Du hörtest nicht zu, denn du hattest angefangen, dich mit der Katze zusammen im Spiegel zu betrachten. Deine Lippen öffneten sich zu einem kleinen Lächeln.

Wäre Mom mit der Kamera in der Nähe gewesen, hätte sie dich fürs Familienalbum festgehalten. Und du dein Lächeln, dem Bild zuliebe.

Es steht dir auch so. Ich kann zuschauen, wie du dich in

dieses Lächeln vertiefst. Und wie du jetzt auch die Katze in deinem Arm nicht mehr siehst, und noch weniger den Mann im Hintergrund. Ihm ist es recht, und unbemerkt geht er aus dem Spiegel.

John, lebe wohl.

Adolf Muschg
im Suhrkamp und im Insel Verlag

Albissers Grund. Roman.
st 334 und Leinen. 380 Seiten

Baiyun oder die Freundschaftsgesellschaft. Roman.
st 902. 342 Seiten

Dreizehn Briefe Mijnheers. Vom Bildersehen und Stilleben. Mit einem Vorwort des Autors.
BS 920. 116 Seiten

Entfernte Bekannte. Erzählungen.
Leinen. 170 Seiten

Gegenzauber. Roman.
st 665. 424 Seiten

Goethe als Emigrant. Auf der Suche nach dem Grünen bei einem alten Dichter.
it 1700. 209 Seiten

Im Sommer des Hasen.
Roman. st 263. 316 Seiten

Die Insel, die Kolumbus nicht gefunden hat. Sieben Gesichter Japans.
Englische Broschur. 124 Seiten

Leib und Leben. Erzählungen.
st 2153, BS 880 und Leinen. 214 Seiten

Das Licht und der Schlüssel. Erziehungsroman eines Vampirs.
st 2829 und Leinen. 519 Seiten

Liebesgeschichten.
st 164. 171 Seiten. BS 727. 153 Seiten

Literatur als Therapie? Ein Exkurs über das Heilsame und das Unheilbare.
es 1065. 204 Seiten

Mitgespielt. Roman.
st 1083. 319 Seiten

Noch ein Wunsch. Erzählung.
st 735, BS 1127 und Leinen. 141 Seiten

Nur ausziehen wollte sie sich nicht.
Ein erster Satz und seine Fortsetzung.
Bütten-Broschur. 72 Seiten

O mein Heimatland! 150 Versuche mit dem berühmten Schweizer Echo.
Leinen. 349 Seiten

Der Rote Ritter. Eine Geschichte von Parzivâl.
st 2581 und Leinen. 1089 Seiten

Die Schweiz am Ende. Am Ende die Schweiz.
Erinnerungen an mein Land vor 1991.
Kartoniert. 213 Seiten

Sutters Glück. Roman.
Leinen. 336 Seiten

Der Turmhahn und andere Liebesgeschichten.
st 1630 und Leinen. 216 Seiten

Wenn Auschwitz in der Schweiz liegt. Fünf Reden eines Schweizers an seine und keine Nation.
es 2045. 60 Seiten

Zu Adolf Muschg

Adolf Muschg. Herausgegeben von Manfred Dierks.
st 2086. 425 Seiten.